Else Lasker-Schüler

Die Wupper

Else Lasker-Schüler

Die Wupper

ISBN/EAN: 9783337359829

Hergestellt in Europa, USA, Kanada, Australien, Japan

Cover: Foto ©Andreas Hilbeck / pixelio.de

Weitere Bücher finden Sie auf **www.hansebooks.com**

DIE WUPPER

SCHAUSPIEL IN 5 AUFZÜGEN
VON ELSE LASKER-SCHÜLER

OESTERHELD & CO · BERLIN 1909

DER LIEBLICHEN PRINZESSIN
HELLE v. L.
SCHENKE ICH DIESES BUCH

PERSONEN

FRAU CHARLOTTE SONNTAG (Fabrikbesitzerin)

HEINRICH

EDUARD } ihre Kinder

MARTA

DR. JUR. BRUNO VON SIMON

GROSSVATTER WALLBRECKER

AMANDA PIUS, seine Tochter

CARL PIUS, sein Enkel

MUTTER PIUS (Carls Großmutter väterlicherseits)

DER
PENDELFREDERECH

LANGE ANNA } Drei Herumtreiber

DER GLÄSERNE
AMADEUS

AUGUST PUDERBACH, Färber

LIESCHEN, sein Schwesterchen

GRETE STOMMS, Lieschens Freundin

WILLEM, Zuhälter, ehemaliger Weber

ROSA, die Riesendame

DIE HERREN MIT DEN GRAUEN CYLINDERN

AUGUSTE } Dienstboten im Hause
BERTA } Sonntag

Fabrikarbeiter, Fabrikarbeiterinnen, Herumtreiber,
Kroatenjungen, Jahrmarktleute, Kinder etc.

Der erste und vierte Aufzug spielen im Arbeiterviertel, der zweite im Garten vor einer Villa, der dritte auf dem Jahrmarkt, der fünfte in einer Art Gartenzimmer derselben Villa. Die Schlußverwandlung des fünften Aufzuges spielt im Arbeiterviertel.

ERSTER AKT

Arbeiterviertel einer Fabrikstadt im Wuppertale.

Hintergrund bergiger Wald. Links im Tal fließt ein schmaler Wupperarm nach hinten in einer Biegung auslaufend. Über den Fluß führt eine Brücke zu einem Weg, an dem Pius zerfallenes, einstöckiges Häuschen liegt. Rechts hinten ein Gäßchen mit hohen, alten, schmutzigen Arbeitermietshäuschen. Im ersten, nur noch halb sichtbaren Hause, wohnen im obersten Stockwerk Puderbachs.

Links von der Wupper eine Wiese — in der Ferne sieht man dampfende Schornsteine von Fabriken und andere Häuser etc.

Vor Pius' Häuschen steht eine Bank, neben dieser ein breiter Strauch. Vor einem Steg, der im Hintergrund in den Wald führt, brennt eine alte Laterne, die während des ersten Aufzuges langsam erbleicht.

Großvatter Wallbrecker, Carl Pius, Frau Amanda Pius, Mutter Pius, Lieschen Puderbach, August Puderbach, der Pendelfrederech, Lange Anna, der gläserne Amadeus, zwei Helfershelfer, Kroatenjungen.

ßvatter WALLBRECKER: Hör auf Dein alten Großvatter, Carl, schmeiß den Gelehrtenkrams beis Gerömpel. Du bist man so recht was für'n Meister, Gesellen müßt De unter Dein Kommando hab'n.

₁L: Laß mich man erst Pastor sein, Großvatter, dann werden die Meisters meine Gesellen.

Λ.: Und das Liesken drüben sollst Du doch frein.

:L (Überlegen wie zu einem Kind): Die heirat' mich um so lieber.

W.: Fünfundzwanzig Jahr hab ich mit dem Liesken sein Großvatter am Webstuhl gesessen, und doch war das Leichentuch zu klein für uns zwei. (Pause). Es nimmt en Pastor schon, aber, zum gelehrten Mann gehört en feines Weib un zum Pastor eine Pastorin — un der alte Großvatter gehört auch nicht rein in's Treibhaus!

:L: 'N en bequemen Sorgenstuhl kauf ich Dir, Großvatter, auf einem weichen Polster sitzt Du und tust den ganzen Tag niks andres wie schlafen, spazierengehen und schmöken. Was sagst De dazu, Vatter Wallbrecker?

W.: Mit die Kaplans komm ich in Kollektion, daß Vatter Wallbreckers Enkelsohn Pastor is, sie haben mich schon das Haus eingelaufen wegen Dein Vater sein lutherschen Glaubens.

:L: An was Du alles denken tust.

W.: Tum Tingelingeling, Carl, die alte Truthenne hat auch Dein Vater immer in die Ohren gelegen. Ein fleißiger Färber wars; (zeigt auf das Wasser der Wupper) da rinnt sein Blut. — Fällt dem mit einmal ein, er taucht für die Arbeit nich mehr, un giftig is er geworden auf sein Herrn und seine Gemahlin. Aufgeblasen war se ja man mit die seidene Röck, aber en Hochmut darf sie ja hab'n bei so viel Geld. Am hellen Tag auf dem Marktplatz hat er ihren adeligen Blossen verhauen.

:L: Das hat Dir wol großen Kummer gemacht, Großvatter, weil Du es nich vergessen kannst.

W.: Tum Tingelingeling, ein Jahr hab'n sie ihm für seine Missetat ins Loch gesteckt.

:L: (Beileid bezeugend).

/V.: Er war ja sonst ein ehrlicher Arbeiter gewesen.

:L: (Nickt).

W.: Un die alte Truthenne hat ihm bald besucht. Mit ihre Quacksalben hat sie eine feine Madame den Brand an de

Waden geschmiert. Siehst De, Carl, un nu meint Amanda, Dir steckt man auch mal rein wie Dein überdrüssiger Vatter und Deine studierte Großmutter.

L: Die Zeiten hab'n sich geändert, Großvatter.

W.: Siehst De, da hab'n wir's, bald denkst De auch an Dein alten Großvatter Taback nich mehr. (Kindlich schlau).

L: Laß man gut sein.

W.: Wie alt bist De nu, Jung! Puderbachs Aujust bringt schon zehn Taler nach Haus. Da läuft er mit seine Schwester, wie mit sein Schatz.

(Man sieht beide geschwisterlich vom Wald heimwärts kommen.)

L: Und ich werd' das Dreifache verdienen, laß mich man Zeit, bin ich erst Pastor, tust De alle Tage Dein Leibgericht knappern.

W.: (bedenklich) Wenn es de alte Truthenne mich nich auffressen tut.

L: Die bleibt hier an der Wupper in ihr Haus wohnen.

W.: Und Du willst in de fremde Residenz predigen? Tum Tingelingeling, in die luthersche Lutherkirche hier mußt De von de Kanzel herunter auf all die reichen Muckerköppe brüllen: (kleine Pause) Und ich werd auch auf meine alten Tag en Ketzer werden, wenn es not tut — Dich zu Lieb, Carl. Ich hab das (schlägt ein Kreuz) doch verlernt (weinerlich), wenn man so immer dran hängen tut.

L: Es ist schon spät, Großvatter, ich bring Dich in de Klappe.

N.: Jung, Jung, Jung, wenn ich es erleben tu.

(Sie schreiten ihrem kleinen Häuschen zu, im Begriff einzutreten, umhalst hinterrücks den Großvater Lieschen Puderbach, die ihrem Bruder vorangesprungen ist. Arbeiter sieht man in der Ferne und hört ihre rauhen Stimmen.)

N.: Was willst De vom Großvatter, kleines, leckeres Dier? Seh Se Dich mal an, Carl, die meint es mit dem alten Großvatter gut.

;CHEN: (vergnügt) Kriegst morgen zu Dein Geburtstag 'ne neue Piepe von mich, ich hab dem Aujust seine kleine im blauen Sametetui weggekläut un sie Herr Stomms gebracht heut. Ich kann mich für sie eine *lange* aussuchen wie Deine is, eine nagelneue, Großvatter, (ganz hoch zu sprechen) mit en Hirschkopf drauf.

W.: (freut sich wie ein Kind) Die meint es gut mit dem alten Großvatter, Carl. (Er kitzelt Lieschen am nackten Hälschen) Ich klopf' ihm auch immer, wenn der junge Herr Eduard kommen tut, was Liesken?

;CHEN: (schämt sich).

W.: (Blinzelt Lieschen vertraulich an) Er fragt mir immer nach es.

;CHEN: (altklug zu Carl) Herr Eduard sagt, ich wär seine Königsbraut.

'L: (sagt, um etwas zu erwidern) Un mich willst De also nich heiraten.

W.: Tum Tingelingeling, er ist molz ein reichen Herr, was Liesken?

;CHEN: Zwei große Bilder aus England hat er gesagt, bringt er mich mit hier — siehst De! siehst De! Ich glaub, er kömmt gleich Dir besuchen, Carl.

'L: (schiebt das Kind ungeduldig zur Seite) Dein Bruder sucht Dich, Liesken.

N.: Ein blaues Maul hat das Luder von'n Beerenfressen.

;CHEN: Kuck mal seine Nas an, Großvatter!!

N.: Die is man wie'n Affe seine gemalen.

;CHEN: Aujust, Aujust, wie siehst De aus!!!!

;UST: (blickt neidisch auf Carl) Ich bin man blos ein einfacher Färber, ich schäm mir nich, von Gottes Waldes Natur zu fressen; Du, Großvatter Wallbrecker?

N.: (Schüttelt mit dem Kopf) Nä.

;UST: Du Liesken? (Carl stellt sich an einen Seitenbalken des Häuschens, die Arme verschränkt).

;CHEN: Wenn De de Mutter fragen tust, August, ob ich die

12

Tante noch ein bischen waschen helfen darf, dann sag ich Dich auch, wo Deine kleine Piepe im blauen Sametetui is.

GUST: Sag!!

N.: (Schüttelt heftig Lieschen mit dem Kopf zu).

CHEN: (Lacht).

GUST: Sag es doch, dummes Weib!!

CHEN: Molz! Ich weiß es doch nicht.

W. und LIESCHEN: (Lachen August aus, der in komischen Wendungen im Begriffe ist, umzukehren, Lieschen verhindert es aber).

CHEN: Aujust, lieber Aujust, frag die Mutter, ja? Ich geb Dich auch en Dicken.

GUST: Steck den Schmatz man in de Kiste, wenn de heiraten tust.

CHEN: Meine Klümken un de Stange Süßholz kannst De Dich nehmen aus Mutter ihre Kommode, Aujust.

AMANDA PIUS: (tritt ans offene Fenster, sie hat die letzten Worte Lieschens gehört) So en süßen Kater bist De, Aujust? Warum kömmst De eigentlich nich mehr beim Carl herüber?

(Mutter Pius tritt hinter Amanda ans Fenster).

GUST: Bei so'n feinen Herr, — nä, Frau Pius?

ter PIUS: Was soll auch unser Carl mit so einen gemeinen Baumwollenfärber anfangen?

GUST: (Verzieht sich furchtbar komisch mit einem Katzenbuckel).

ter PIUS: (zu Lieschen) Und Du müßt' schon in de Klappe liegen.

CHEN: (etwas schüchtern auf Frau Amanda blickend) Ich will die Tante noch waschen helfen, daß se morgen dem Großvatter sein Leibgericht kochen kann.

ter PIUS: Und hat kein Zahn im Maul.

CHEN: Ich kann doch nich schlafen bei so'n Mond, der guckt so rot wie Pendelfrederech sein ausgelaufen Aug.

AMANDA: (geheimnisvoll) Hast De das schon gesehen, Liesken?

13

;CHEN: Einmal hat er es mich und Gretchen Stomms gezeigt.

ter PIUS: (zynisch) Un hast De sonst niks andres in sein Keller gesehn, Liesken?

;CHEN: Ich hab immer blos in sein runden, roten Mond geguckt.

ter PIUS: Aber en wacker Mädchen bist De geworden: Amanda guck mal, Brüst hat es schon, wie junge Salatköppe. (Carl tritt aus seinem Winkel auf den Großvater zu).

N.: Carl, ich komm jetz.

(Mutter Pius tritt in die Stube zurück; Lieschen klettert durchs Fenster, Frau Amanda ist ihr dabei behilflich. Dann schließt sie das Fenster. Der Großvater und Carl schlendern langsam ins Haus.)

N.: Nä, wie mich das alles aufregen tut ....

:L: Was denn?

N.: Mit Deine Carliäre, Carl.

:L: Schlaf man ruhig, Großvatter. (Sie treten beide ins Häuschen. August schleicht aus seiner Gasse, umlauert das kleine Häuschen von Pius und versteckt sich vorsichtig zwischen Strauch und Bank. Unterdessen wird das Dachkämmerchen von einem matten Öllämpchen erleuchtet, das kleine Fenster ist halb geöffnet. Betrunkene Arbeiter passieren den Weg, fluchen, lachen, etc. August gebärdet sich, da er durch den Lärm nicht zu hören glaubt, wie ein wütender Clown. Die Arbeiter biegen rechts in die Gasse ein. Man hört von oben Amandas Stimme).

ᵢ AMANDA: Vatter ....

N.: Jjo ....

ᵢ AMANDA: So eilig hast De's ja sonst nich, wach auf!!

N.: Was soll ich um Mitternacht, meine Tochter?

ᵢ AMANDA: Was hat Carl gesagt?

N.: Was?

ᵢ AMANDA: Was er gesagt hat. Du hast doch gesprochen

mit ihm.

W.: Jjo, es is mich man so am Maul vorbeigeschlichen, was fürn schönen Posten der Aujust hat.

ı AMANDA: Un was sagt er drauf?

N.: Nä, er will nich; de Pastor spuckt ihm in Kopf herum.

Während

dessen

setzt

oben das

Gespräch

fort.

Drei Männer kommen langsam schweigend über die Brücke, der eine murrt unheimlich, es ist der Pendelfrederech, sein linkes, ausgelaufenes Auge bedeckt eine schwarze Klappe. Der zweite ist lange Anna, der trägt eine Handharmonika in einem verschossenen Band um die Schulter. Der dritte ist der gläserne Amadeus, der nimmt vorsichtig Platz auf der Stufe, die von der Brücke zum Weg führt. Die beiden anderen setzen sich auf das Geländer der Brücke. August bückt sich tiefer unter den Strauch.

ı AMANDA: Du kannst nich kallen! Ich hab auch keine Lust mehr, den ganz Stall zu füttern.

W.: Gered' hab ich, ihr Weiber denkt wol, ihr habt allein en Schnabel, was? (Frau Amanda heult.) Laß das Heulen. (Sie gluckst.) Freuen tu ich mir doch auf Carl in Ornaments (schlau kindlich). Noch ein paar Jährkes, Amanda, meine liebe Tochter, dann kömmt der Lohn. Glaub Dein alten Vatter. (Er kräht noch einmal und schläfert.)

ı AMANDA: Die Pius hat an alles Schuld, hat se de Finger an mein Mann gehabt, soll se mein Jung zufrieden lassen.

W.: (Aus dem Schlaf triumphierend) Er wird se auch nich einladen zu sich in sein Filla neben Kaiser Wilhelm Schloßkirche.

AMANDA: Du träumst wohl? (Sie schüttelt ihn ärgerlich, man hört das Bett krachen.)

N.: Alles präzise Wahrheit, Amanda, diesmal hat de alte Pius gut spekuliert. (Kurze Pause.)

AMANDA: Seitdem Du nich mehr zum Heiland beten tust, is alles so gekommen. (Sie heult wieder.)

W.: Ich bet jeden Abend, meine liebe Tochter, ich lüg lieber, als daß ich mir nich bedanken tu für seine große Gnade. (Leise singt die Türe.)

AMANDA: Kömm man herrein! — Liesken will Dich gute Nacht sagen, Vatter, und denn kannst De schlafen meinetwegen. (Man hört die Tür roh ins Schloß werfen.)

SCHEN: Großvatter, ich freu mir so auf Deine neue Piepe (ganz hoch sprechend) en Hirschkopf hat se!!

N.: (Lacht wie ein Kind.)

SCHEN: Klopfst De un pfeifst De mich, wenn er bei Euch kömmt?

N.: (Pfeift sehr gelungen.)

SCHEN: Dein dicken Zeh guckt ja aus de Federn heraus, Großvatter, warte, ich deck Dir zu wie'n Wickelkind.

W.: Mach auch noch weiter das Fenster offen, ich leid an de Luft.

SCHEN: (öffnet das kleine Fensterchen ganz.) Aujust, hier bin ich.

GUST: (fährt erschrocken in die Höhe und winkt ab.)

SCHEN: Ich komm jetzt runter; gute Nacht, Großvatter Wallbrecker!

W.: (halb schlafend) Tum Tingelingeling, wenn ich noch se en jung Weib im Bett hab'n könnt.

(Lieschen ist im Nu unten.)

GUST: (tritt aus dem Versteck, Lieschen eilt zu ihm. August zu den Herumtreibern): N'Abend zusammen, kömmt ihr schon von de Arbeit?

ze ANNA: (hohe Weiberstimme) Wo sonst her, alter Duckmäuser?

ßCHEN: Amadeus, Du blutest ja.

ße ANNA: Laß es man bluten aus de Nasenrinnen, was fängt er auch an gescheit zu reden aus sein Traumbuch.

ADEUS: (legt angstvoll die Hand aufs Herz) Un en Sprung hat es abgekriegt, Liesken, es tröppelt immer.

ße ANNA: Laß ens lutschen ran.

ADEUS: Seid man still: es gibt noch was hinter de Düsterkeit, wart man, wenn es erst Licht wird.

ßUST: (steckt ein Streichholz an) Hier hast De Licht, das können wir auch machen. (Zu Lieschen) Versteck de Visage in Dein Schabbesdeckel, Lieschen, Frederech hat wieder sein Pendel raushängen. (Frederech murmelt grausig.)

ßCHEN: Ich hab' so 'ne Angst, Aujust, wir wollen bei Mutter gehn.

ße ANNA: Bange Hippe!

ADEUS: (mitleidig) Es ist auch Zeit, macht euch nach Haus, so'n kleines Blag gehört nicht mehr auf de Straße. (Oben hüstelt der Großvater. August und Lieschen biegen ins kleine Gäßchen ein und treten in ihr Haus.)

ADEUS: Ich sag euch, lang mach ich so en Leben nich mehr mit. Pendelfrederech, was hast De von Dein Leben?

DELFREDERECH: (grausig murmelnd) Ich hab nicks von's Leben, aber es hat mir zum Zeitvertreib.

ße ANNA: (höhnisch) So en verfaultes Zeitvertreib.

DELFREDERECH: Nix für seine feinglasierte Fingers, aber wenn es einen en Schabernack spielen will, dann holt es mir aus seine Kiste. (Murmelt böse.)

ße ANNA: (lacht) Von de Türen rannten de Kochmamsells und die Herzen fielen ihnen in de Buchsen. (Er klopft Pendelfrederech auf die Schulter und lacht noch höher auf.) Mit Dich mach ich oft so'ne Opern.

ADEUS: Und daß de Polizisten Dich nich kriegen tun, Pendelfrederech.

ße ANNA: Die lachen selber.

ADEUS: Wat hast De eigentlich von de Sauereien?

ʒe ANNA: Und guckst man immer so mit das eine Aug in Dein Kopf rein?

DELFREDERECH: Rot seh ich immer, lauter Rot. (Murmelt grausig.)

ADEUS: De Mutter Pius, die hat en Mittel dafür. Aus dem Zuchthauskirchhof holt sie die Totenköpfe und reibt sie zu Zucker. (Sie lachen alle drei. Carl tritt, leise vor sich hin pfeifend, aus dem Haus und setzt sich auf die Bank. Amadeus spricht ohne Pause weiter, ohne Carl zu bemerken.) Mich kann se vielleicht auch helfen. (Er legt die Hand zärtlich bange aufs Herz; er bemerkt plötzlich Carl.) Nabend Carl. (Rührselig). Es hat en Sprung gekriegt, es klirrt nur immer so drinn.

ʒe ANNA: (höhnisch) Deine Großmutter will er consultieren.

ADEUS: (auf Frederech zeigend) Dem soll se auch lebendig machen; wie en Spezialdoktor weiß se mit de Kastemännekens Bescheid, was Carl?

L: (hochmütig und abweisend) Sucht euch Arbeit, dann vergehen euch de Schrullen.

DELFREDERECH: Ich will nich reicher werden.

ʒe ANNA: (zu Carl) Tu man nich so aufgeblasen.

           (Kroatenjungen kommen, sie heulen.)

ADEUS: Was heult ihr so spät in der Nacht, heulen könnt ihr noch morgen.

ATENJUNGEN: Aben verkauft nich, garnich, Meister schlägt, tut weh ....

ʒe ANNA: (zu Carl) Pastor kümmer Dir um Deine Gemeinde. (Carl gibt sich eine abweisende Würde.)

ADEUS: Laß man (er faßt in seine Tasche. Die Kroaten gehen weiter.)

ʒe ANNA: (zu Carl) Was, Du alter Geizkragen, Du Kreuzverdreher, Du Taschendieb. (Er will in Carls Taschen fassen.) Zeig uns ens das fremde Portemonnai! (Carl verrenkt mit wortloser Leidenschaft den Arm des langen

Anna. Der schreit furchtbar grell auf, Amadeus fällt zusammen, der Pendelfrederech nimmt ein kleines Metallpfeifchen aus der Tasche und pfeift. Geht dann stier, ohne den Erfolg abzuwarten, seines Weges und legt sich gegenüber dem Hause Puderbach am Ufer der Wupper nieder. Es nahen alsbald drei Helfershelfer aus der Umgegend, die glauben, da man lange Anna seines kreischenden Heulens und Jammerns wegen nicht verstehen kann, es handele sich um Amadeus und fluchen.)

(Mutter Pius tritt aus dem Häuschen.)

HELFERSHELFER: (zeigt auf Amadeus) Wegen den übergeschnappten Pitter?

ELFERSHELFER: Pfeift uns der Stinkadores.

(Mutter Pius und Carl bringen Amadeus in ihr Häuschen.)

ze ANNA: (zeigt vergebens seinen Arm und nach Carl) Ein Mörder is er! (Die drei Helfershelfer verstehen endlich, um was es sich handelt, drohen, zeigen Messer und werden sehr laut. Der Großvater Wallbrecker tritt oben erschreckt ans Fenster.)

N.: Macht euch zum Teufel, ihr versoffene Nachteulen.

drei HELFERSHELFER: Johannes Sohn is ein Mörder, soll sich noch mal sehen lassen. (Lange Anna kreischt wiederholend) Ein Mörder, ein Mörder!

N.: (krähend) Amanda, ruf den Carl bei mich. (Er geht vom Fenster, man hört sein Bett knacksen; kräht schlaftrunken) Meine Piepe will ich hab'n, (in Lieschens Ton) mit dem Hirschkopf drauf!

(Die Männer verziehen sich drohend, Lange Anna mit ihnen.)

N.: (Leise) — Tum tingelingeling ....

(Der Vollmond steht grell am Himmel, leise öffnet sich eines der Dachfenster im Arbeiterhause, in dem Puderbachs wohnen. Das kleine Lieschen steigt leise mit geschlossenen Augen im Nachthemdchen aufs Dach, macht einige Schritte zur Wupper hin, wo Frederech liegt und steigt wieder zurück durchs Fenster. Pendelfrederech hebt sich bei dem Vorgang langsam auf Vieren und stiert gläsern nach dem Dach. Sozialdemokraten singen unterdessen, hoch am Wald vorüberziehend, vierstimmig ein sozialdemokratisches Lied, man hört die letzten Worte: Denn unsre Fahn' ist rot.)

ZWEITER AKT

Ein blühender, gepflegter Garten mit Beeten und Rosensträuchern und im Hintergrund ein Springbrunnen auf einer kleinen, künstlich hergestellten Anhöhe; im Hintergrund ein Pavillon mit bunten Fenstern, *den man kaum sehen kann.* Rechts ein weinumrankter Treppeneingang, der in die alte Villa Sonntag führt. Links im Vordergrund ein Zelt mit Tisch, Bank und Stühlen. Zwischen Gartenzaun und Nachbarmauer zieht sich eine in die Stadt führende, schmale Gasse. An der Nachbarmauer ist ein Blechschild angebracht mit üblicher Warnung, aber es ist schon alt und ruiniert und seine Aufschrift unleserlich.

Frau Sonntag, Heinrich, Eduard, Martha, Carl Pius, Mutter Pius, Auguste und Berta, die drei Herumtreiber: Pendelfrederech, Lange Anna, der gläserne Amadeus.

ter PIUS: Lassen Se mir ihm zwischen de eurigen sehn, das freut so'n altes Großmutterherz.

TA: (gnädig und geziert) Unsere Frau ist auch so freundlich zu ihm und erst (respektvoll) der Herr Eduard.

ter PIUS: Was Se sagen — aber, is er das vielleicht nich wert? In de früh um fünf kömmt euer junger Herr und holt ihm aus dem Nest und frägt ihm hie und da wegen dem Examen.

TA: (schnippisch) So klug ist der Carl?

ter PIUS (überlegen): Wann er *mein* Enkelsohn ist?

TA (lacht vorlaut. Sie will Mutter Pius verlassen, stellt das Tablett mit dem Abendgeschirr auf die Bank — die Servietten vergeßlich unter dem Arm haltend.)

ter PIUS: Hab'n Se's so eilig, Berta, sonst verzählen Se sich doch so gern mit mich?

TA: Ich habe keine Zeit.

ter PIUS: Sie haben wohl den Kopf vom Schatz voll?

TA: Wer sagt Ihnen, daß ich einen Schatz habe? (Berta pflückt sich eine Kamille vom Beet und läßt dabei zwei Servietten fallen.)

ter PIUS: Wer das sagt? Raten Sie ens! — Die Karten. (Berta stemmt neugierig die Hände in die Seiten. Mutter Pius hebt die zwei herabgefallenen Servietten auf und liest wohlgefällig den Namen auf dem Serviettenring.)

ter PIUS: (zu sich) Wie en Kind im Haus ....

TA: Na was sagen denn die Karten all, Mutter Pius? (schmeichlerisch.)

ter PIUS: (Läßt Berta ein bißchen zappeln) Das möchten Sie wohl wissen, Berteken?

TA: (Nickt geziert).

ter PIUS: Dein Schatz wird Dich untreu, aber eine weite Reise machst De übern Ozean, und ein reichen Millionär lernst De kennen.

TA: *Donnerstag!* (verwundert) Unser Fräulein hat mir zwei Nächte hintereinander im Schiff gesehen.

ter PIUS: Siehs De!!

TA: Aber zu Auguste haben Sie am Sonntag gesagt, mein Schatz wär ein robuster Mann mit einem Schnauzbart.

ter PIUS: Ich hab das gesagt? Laß mir ens besinnen .....

TA: (geziert) Aber er ist von kleiner Statur und trägt einen hellen Spitzbart.

ter PIUS: (weissagend, komisch) Un adlig is er.

TA: *Donnerstag.* (Verwundert.)

ter PIUS: Das dumme Weib, geärgert hat sie sich, daß der Coeurkönig nich bei ihm lag und es zwanzig Jahr auf einen warten muß. Un da hat es Dir vor Neid angeschmiert. Nä, Berteken, daß De so dumm bist!

TA: Ich werd's der besorgen!

ter PIUS: Laß man, es is ja en arm Dier mit sein scheeles Aug und seine schiefe Schultern, laß man Berteken.

GUSTE: (steht im Seitengang, der aus der Küche in den Garten führt, zu Berta) Wo bleiben Se denn? (Mutter Pius gewahrend, eilt sie zu ihr.)

ter PIUS: (zu Berta) Ich hab auch de Madame schon rufen hören. (Berta geht geziert ins Haus. Mutter Pius nähert sich gewandt dem Pavillon, bückt sich, um durch die Ritzen besser sehen zu können.)

ter PIUS: (zu Auguste) Ich habe ihm nur durch die Ritzen gesehen, ich muß mir jetzt beeilen, das Liesken von Puderbach hat de Windpocken.

GUSTE: Was Se nich alles verstehen (glotzäugig, gläubig.)

ter PIUS: (nimmt ihr Körbchen am Arm und reicht Auguste die Hand.)

GUSTE: Hab'n Se denn unsere Frau schon gesprochen?

ter PIUS: Das sehen Se doch an die schmierige Spitzen. (Aufs Körbchen weisend.)

GUSTE: (glotzäugig, gläubig) Was Se nich alles verstehn!

ter PIUS: Alles muß man verstehen, das feinste und das gröbste.

GUSTE: (schüttelt bewundernd den Kopf. Mutter Pius wendet sich geringschätzend und diabolisch lachend, noch einmal zu Auguste herum.)

ter PIUS: Hab'n Se molz en flotten Kerl gefunden, trotz de Karten?

GUSTE: Nä, leider nich, Eure Karten sind reine Teufels, Mutter Pius.

ter PIUS: Kommen Se de doch ens wieder bei mich, vielleicht kriegen wir Gewalt über den Zauber, Auguste.

GUSTE: Wenn ich mich erlauben darf. (Man hört Husten aus dem Pavillon; sie horchen beide erschreckt nach der Richtung.)

GUSTE: Das is Herr Eduard nich, das is de Marta, die guckt zu lang in de Nacht aus' en Fenster.

ter PIUS: (lauernd) Euer Fräulein soll ens lieber schlafen.

ĠUSTE: Sie möcht auch von Euch de Karten gelegt haben.

ter PIUS: (freudig) Eine Gräfin war bei mich.

ĠUSTE: (sie anstaunend) Wenn Se's nich wieder sagen, zeig ich Euch ne neumodsche Photographie von de Marte — splitternackt, wie's erste Weib unterm Baum. (Frau Sonntag und Heinrich treten unbemerkt aus dem Haus.)

ter PIUS: Du hältst de Mutter Pius wohl für dumm?

ĠUSTE: Ihre Freundin, das Fräulein Oberbürgermeister, hat se so abgenommen. —

ter PIUS: Lauf wacker! (Auguste eilt fort durch die Seitentür, Mutter Pius ruft ihr nach) Ich leg Dich auch fein die Karten, Auguste ...

(Mutter Pius bemerkt die Kommenden, Heinrich nähert sich dem Zaun, und nimmt von einer Frau die Abendzeitung entgegen, drückt ihr flüchtig ein Geldstück in die Hand, indessen Frau Sonntag zum Zelt schreitet.)

ter PIUS: (gewandt) Verzeihen Se, Ma'm Sonntag, daß ich noch hier stehn tu, ich wollt mein Enkelsohn Addjüß sagen. (Frau Sonntag nickt freundlich herablassend und geht rechts, die Rosen betrachtend, weiter. Mutter Pius kommt auf Heinrich zu, klopft ihm vertraulich auf die Schulter.)

NRICH: Schockschwerenot, Frau Pius, wie geht es Euch bei den schlechten Zeiten?

ter PIUS: Davon wissen Sie doch nicks, Herr Heinrich.

NRICH: Un immer jünger werden Se. (Berta tritt aus dem Haus, den Tisch zu decken.)

ter PIUS: Sie Schmeichler.

NRICH: (zynisch, gutmütig) Frau Pius, was meinen Se zu uns zwei?

TA: (kichernd.)

NRICH: (zu Mutter Pius) Lassen Se den Kickindewelt lachen, er weiß von de Liebe nicks.

(Frau Sonntag nähert sich zerstreut dem Zelte.)

ter PIUS: So en jungen reichen Herrn un ich?

NRICH: Schockschwerenot, es is mein heiliger Ernst. Eine verständige Frau muß ich haben.

SONNTAG: Frau Pius, lass Sie sich von meinem Sohn nicht zum Besten halten.

ter PIUS: Ich uz mir gern mit ihm, Ma'm Sonntag, lassen Se ihm die Freude.

NRICH: Wenn Se alles innes Lächerliche träkken, liebe Frau Pius, wir passen doch aufs Haar zusammen.

ter PIUS: (weiß nicht, wie sie es auffassen soll) Ein reiches Fräulein muß Herr Heinrich heiraten. Titichens, will de Großmama (zeigt auf Frau Sonntag) wieder in Arm wiegen (sie macht mit dem Arm die Wiegebewegung.)

SONNTAG: Nun lass Frau Pius zufrieden, Heinrich.

ter PIUS: Auf de Messe aber dürfen Se mir Johanni mit die Freunde in meine Bude besuchen. Ich servier diesmal (nickt Heinrich heimlich zynisch zu) en extra feine Delikatesse —

TA: (bescheiden zu Frau Sonntag und Heinrich) Ein Kind mit *zwei Köpfen* ....

ter PIUS: (bemerkt endlich Auguste, die schon längere Zeit erfolglos aus dem Seiteneingang winkt) Nabend zusammen, ich muß bei meine Leute! (Frau Sonntag setzt sich auf die Bank an den Tisch und Heinrich bleibt neben ihr stehen.)

NRICH: Ein Unikum ist die Olle!

(Mutter Pius entreißt Auguste das Bild [Kabinettgröße] und entfernt sich aus der Zauntür. Auguste bleibt verdutzt stehen.)

SONNTAG: Du ziehst sie aber auch beständig auf, Heinrich.

GUSTE: Wie'n Wind (geht ins Haus).

NRICH: Spaß muß sein, Mama Charlottchen.

ONNTAG: Macht Dir das solch einen Spaß?

NRICH: Du sagst das so melancholisch.

ONNTAG: So, das weiß ich garnicht.

NRICH: (kleine Pause) Dieses Jahr wird die Bilanz gut

werden, Mama Charlottchen.

ONNTAG: (lebhafter) Du belügst mich, Heinrich?

NRICH: Bei meinem verrosteten, alten Säbel.

ONNTAG: Du bist ein Junge!

NRICH: Wir wollen ein Pulleken darauf trinken, Mama Charlottchen!

ONNTAG: (schüttelt lächelnd den Kopf).

NRICH: Schad, daß Pius Großmutter nicht mehr da ist; sitzen die noch immer darin? (Er zeigt auf den Pavillon.)

ONNTAG: Man muß sich nicht gemein machen mit diesen Leuten.

NRICH: Mittags promeniert sie vor meinem Büro vorbei, bis ich rauskomm.

ONNTAG: Warum?

NRICH: (im Ton der Arbeiter) Sie liebt mir —

ONNTAG: Schwätz keinen Unsinn, Heinrich.

NRICH: (lacht).

ONNTAG: Laß die arme, alte Person in Frieden, ich möchte die Neckerei um Eduards Willen nicht. Du kennst doch seine Sympathie für Pius.

NRICH: Pius kennt die alte Schrulle ganz genau.

        (Berta trägt Schüsseln mit kalten Speisen auf.)

ONNTAG: Taisez donc!

NRICH: Ich sag ja nichts. (Er nähert sich dem Pavillon. Marta ist gerade im Begriff aus der Türe zu treten — die Geschwister stoßen sich fast.)

RTA: Hast Du mich erschreckt!

NRICH: (neckisch) Ein unschuldiger Mensch erschrickt nicht, beichte!

RTA: Esel!

NRICH: (plötzlich leise mit Erregtheit, die sich steigert bis zum Jähzorn) Ich will Dir mal was sagen, erfahre ich noch einmal, daß Du in meiner Abwesenheit im Büro gewesen bist, so bekommst Du ein paar Backpfeifen von mir.

RTA: (ein wenig verblüfft) Ich tu doch garnichts da.

26

NRICH: Du weißt, Simon ist mein Angestellter, ich wünsche, daß er Respekt behält vor uns, verstehst Du! (wieder munter) Schockschwerenot!

RTA: Herr von Simon ist stets höflich zu mir.

(Eduard und Pius treten in den Pavillon.)

NRICH: Das will ich auch hoffen. (Heinrich reicht Carl Pius die Hand.) Hab doch wahrhaftig wieder die Marken vergessen.

JARD: (zu Carl; Heinrich umfassend) Er schwitzt den ganzen Tag für uns, Carl, er ist der selbstloseste Mensch auf der Welt.

NRICH: (tut beschämt wie ein Backfischchen, bei seinem robusten Äußern sehr ulkig wirkend).

RTA: (geht dem Tisch des Zeltes zu) Mama, ich habe schreckliche Augenschmerzen (sie öffnet sie graziös affektiert) vom Nachschlagen.

SONNTAG: Ich bewundere schon lange Deine Ausdauer. (Pius geht ungeschickt auf Frau Sonntag zu und verbeugt sich tief vor ihr. Frau Sonntag reicht ihm die Hand.)

RTA: Herr Pius will vor dem Abendbrot nach Hause gehen, Mama.

ONNTAG: Aber warum das, Herr Pius?

L: Wenn ich so frei sein darf? (Marta bietet ihm den Stuhl neben sich an; Heinrich setzt sich links von Marta — Eduard nimmt neben seiner Mutter auf der Bank Platz. Berta serviert den Tee und bedient etc.)

RTA: Findest Du nicht die Hornbrille scheußlich für Herrn Pius, Mama? Er sieht aus wie ein Dorfschullehrer.

ONNTAG: Marta schwätz nicht soviel Unsinn.

L: (verlegen.)

SONNTAG: Ich habe noch garnicht bemerkt, daß Herr Pius eine Brille trägt.

L: Seit kurzem.

JARD: Bitte nimm sie mal ab. (Carl zögert.) Ich bin auch kurzsichtig.

27

ONNTAG: Deine Rehaugen ....

NRICH: (ulkig einen Backfisch imitierend) Das lass ich mir nicht mehr gefallen, mir macht kein Mensch den Hof.

TA: (kichert leise auf, Frau Sonntags Blick streift sie rügend.)

NRICH: Sie denken an Mutter Pius, Berta, was? Eine Großmutter haben Sie, Pius, prima!

L: (verlegen.)

NRICH: Ich glaube sogar, sie ist eine ganz kluge Frau?

JARD: (zu Carl) Von köstlichem Humor.

RTA: Eduard sagt, sie versteht lateinisch.

ONNTAG: Auf welchen Tag fällt Ihr Examen, Herr Pius?

L: Am Mittwoch, einige Tage nach Johanni, Madame Sonntag.

JARD: Du regst Dich mehr auf, wie wir beide und die ganze Prima zusammen.

SONNTAG: Mein Sohn sagt mir, Sie machen sich Ihrer Studien wegen Sorge?

L: (ist verlegen um Antwort.)

JARD: Du wolltest Dich doch für weiteres verwenden, Mutter?

SONNTAG: (nickt freundlich Eduard zu, ihr Blick fällt plötzlich auf Heinrich, der interessiert in der Zeitung liest.) Was interessiert Dich in der Zeitung — (rügend) während des Tisches.

NRICH: Ich bitte um gnädige Verzeihung, Mama Charlottchen.

RTA: Hältst Du Dein Versprechen, Heinrich?

NRICH: Gerad mein Pferd muß stürzen.

RTA: Du schwindelst mir immer was vor.

NRICH: (neckisch) Im Gegenteil, Du mußt den Verlust tragen helfen!

RTA: Esel!

NRICH: Danke!

ONNTAG: Du kannst doch das Spielen nicht lassen.

NRICH: Es ist, mit Herrn Schiller gesagt: Mein Spaziergang.

JARD: Er sitzt auch viel zu viel im Büro.

RTA: Und dick bist Du, wie der Wirt vom Schützengarten drüben.

L: Warum reiten Sie nicht, Herr Sonntag?

ONNTAG: Du hast doch wirklich sonntags Zeit.

NRICH: Der Hengst scheut ja, wenn ich mich ohne Uniform drauf setz', Kinder.

L: Fußtouren wären Ihnen auch zuträglich.

JARD: In den Tiroler Alpen, was Carl?

L: Zum Schneerössel rauf.

JARD: Zehn Kilometer müßtest Du täglich steigen; faktisch, das tät ihm gut.

NRICH: Ich werde mich gleich im Schützengarten wiegen lassen, ich glaub, ich habe schon durch eure guten Ratschläge abgenommen. (Zwei kleine Mädchen stehen, von allen unbemerkt, am Gartenzaun.)

ONNTAG: Mit ihm ist kein ernstes Wort zu reden.

JARD: Pack doch einfach seinen Koffer, Mutter.

(Die kleinen Töchter vom Wirt verschwinden ungesehen wieder.)

NRICH: Und wer soll unterdessen für die Kleinen sorgen?

SONNTAG: Du hast doch einen Stellvertreter. Marta lobte ihn gestern noch.

NRICH: Sie soll sich lieber um die Haushaltung bekümmern.

RTA: Esel!

NRICH: Danke! Freuen Sie sich, Pius, daß Sie keine Schwester haben.

L: (seltsam aufflammend, antwortet etwas schüchtern) Und ich beneide Sie darum.

ONNTAG: (lächelnd) Hörst Du's, Heinrich?

NRICH: (schlägt Marta zärtlich auf den Rücken.)

(Pause.)

ONNTAG: Ich würde ja öfters in die Fabrik gehen ...

NRICH: (neckisch) Weißt Du eigentlich, wo sie ist, Mama Charlottchen?

ONNTAG: (scherzend) Wie er mich schlecht macht.

RTA: Herr von Simon ist energischer wie Du bist mit den Arbeitern.

NRICH: Wenn ich dabei bin.

(Alle lachen, nur Marta schmollt.)

NRICH: Den Willem, meinen fleißigsten Arbeiter, hab ich seinetwegen herauswerfen müssen.

RTA: Der drang betrunken ins Büro und wollte ihn dort totschlagen.

NRICH: Die Sache ist mir auch noch nicht klar.

ONNTAG: Wenn *Dir* nur mal nichts passiert, Heinrich.

IARD: Ihn haben sie alle gern, zu Dir haben sich öfter doch Arbeiter geäußert, Carl?

L: Ich steh mit all den Leuten kaum auf Grußfuß. (Frau Sonntags Blick streift ihn mißtrauisch.)

5ONNTAG: (zerstreut) Wollen Sie wirklicher *evangelischer* Geistlicher werden, Herr Pius?

L: Ja, Madame Sonntag.

ONNTAG: Ihre Großmutter wünscht es wohl?

L: So ernste Fragen pflege ich allein zu erledigen.

SONNTAG: (unbewußt in herablassendem Tone) Versprechen Sie sich eine schnellere Carriere?

L: (primanerhaft) Ich bin mit den Dogmen der katholischen Kirche in Konflikt geraten.

ONNTAG: (nickt zustimmend hin zu Eduard.)

IARD: Iwo, Mutter, er will heiraten.

NRICH: Ich geh noch was rüber kegeln.

RTA: Die kleinen Blagen standen schon vormittags am Zaun. Sie hätten heute Eisbein mit Sauerkohl, ließe ihr Vater Herrn Leutnant sagen.

NRICH: (zu Carl) Er war mein Untergebener.

ONNTAG: Das sind also die Kinder vom Wirt?

NRICH: Ich kauf den Püppkens manchmal Schokolade. (Er

erhebt sich und macht eine lange Gähnbewegung mit Mund
und Armen.)

ʀTA: (Schnellt vom Stuhl auf) Wollen Sie das Kissen mal
sehen, was ich Eduard (zu Carl sich wendend) zum Examen
schenke?

ʟ: Ich bitte darum. (Er erhebt sich freudig.)

ʒONNTAG: Aber Marta, wie kindisch, wie können Herrn
Pius Deine Stickereien interessieren?

ʟ: Ich habe sogar als Knabe mit Vorliebe weibliche
Handarbeiten selbst ausgeführt. (Frau Sonntag verzieht ihr
Gesicht ungläubig.)

ʝARD: Faktisch, Mutter! Mutter Pius zeigte mir ein großes
Kreuz, was er gestickt hat. (Heinrich schreitet, die Hände in
den Taschen, dem Hause zu, wendet sich um.)

ɴRICH: Addjüß Kinder! (Marta und Carl schlendern um
eins der Beete.)

ʀTA: Ich habe ein Bouquet Kamillen nach der Natur darauf
gestickt.

ʒ: Sie sind selbst eine Kamille, (leise) man möchte Sie immer
fragen .... Und es paßt auch viel besser für Sie, mit bunten
seidenen Fäden zu spielen als uns zwei Kandidaten
Examenarbeiten zu helfen. (Man versteht die letzten Worte
kaum mehr, sie biegen in den Seitenweg des Gartens ein.)

ʝARD: Mutter, warum bist Du nicht freundlicher zu Pius?

ʒONNTAG: Aber Kind, ich gebe mir doch die erdenklichste
Mühe.

(Sie legt ein Tuch um seine Füße.)

ʝARD: (scherzend) Wenn ich mal oben im Himmel bin, wirst
Du abends heraufkommen und das große Sternenfenster
schließen, Mütterchen.

ONNTAG: Wie Du sprichst ....

ʝARD: O, ich habe noch viel, viel zu erledigen.

(Er legt seinen Arm lächelnd um ihre Schulter.)

ʒONNTAG: Du solltest mehr an Dich denken, die vielen
Nachhilfestunden, die Du wieder für Pius übernommen

hast! — Ich gebe ihm lieber das Geld.

JARD: Das würde ihn beschämen; mir macht es faktisch Vergnügen; Pius ist zu gesund, Geduld zu üben. (Kleine Pause.) Er hat mächtige Wellen, Mutter, die überstürzen sich.

SONNTAG: Dir tun seine Schüler leid, ich kenne Dich, Eduard.

JARD: (lächelt) Hier waltet nur höhere Gerechtigkeit.

SONNTAG: Du dichtest ihn Dir, Eduard.

JARD: (scherzend) Wie sollte der, der den Himmel verkündet, nicht ein Dichter sein. (Kleine Pause.) Dich stört seine breite, ungeschickte Art.

SONNTAG: Ich verlange von ihm doch keine weltmännischen Finessen.

JARD: Seine einfache Umgebung selbst respektiert instinktiv seine geistige Stärke.

SONNTAG: Seine geistige Stärke — Kind, Kind, diese Leute haben nur Respekt vor Fäusten.

JARD: Denke an Petrus, Jakobus ....

(Marta und Carl werden sichtbar.)

SONNTAG: Du glaubst nicht, wie unsympathisch es mich berührt, wenn ich ihn neben Marta sehe.

(Eduard erhebt sich betrübt. Er hustet leicht.)

SONNTAG: Willst Du zu Bette gehen, Eduard?

JARD: (kleine Pause) Durch den Garten wollen wir wieder wandeln, Mutter, weltentrückt, wie durch einen duftenden Psalm.

SONNTAG: Du machst mir das Herz schwer ....

JARD: Das will ich nicht. Dein Herz ist ein Teil meines Himmels, darum werde ich Dir ja bleiben, Mutter.

(Frau Sonntag und Eduard biegen um die Rosen ein. Pius und Marta treten in den Vordergrund — sie setzen sich auf eine Bank vor dem Springbrunnen.)

3: (streng, schüttelt energisch den Kopf) Seinen Glauben respektier ich.

RTA: Aber Mama weint immer, er will doch in den strengsten Orden eintreten, barfuß geht er dann und seine schönen Locken werden ihm abgeschnitten.

L: (neidvoll) Das empfinden Sie wohl am schmerzlichsten?

(Pause.)

Aber Sie erzählten mir doch, die Ärzte sagen, es käme nicht dazu.

RTA: Denen kann man ja nicht glauben — und Mama haben sie es verschwiegen, sie würde sterben an seinem Tod.

L: (sarkastisch) Also der Tod wäre demnach Ihrer Frau Mutter sicher.

RTA: Bitte, spotten Sie nicht!

L: Ich bin nicht zum Spotten aufgelegt.

RTA: (forschend) Ist er eigentlich schon katholisch geworden?

L: Fragen Sie ihn doch selbst.

RTA: Sie sind frech!

L: (theatralisch, primanerhaft) Darum will ich auch der Welt den Schoß der Mutter nehmen.

RTA: (macht eine Bewegung des Unverständnisses.)

L: Darum will ich evangelischer Verkünder werden.

RTA: Ich glaube, Sie werden furchtbar schimpfen von der Kanzel.

L: (sarkastisch, scherzend) Fegefeuer auf all die Sünder regnen lassen.

RTA: Sie stritten doch einmal mit Eduard, es gäbe keine Sünde.

L: Im Sinne der Natur gibt's auch keine Sünde.

RTA: Warum wollen Sie dann strafen?

L: Weil ich sie nicht genießen kann. (Er wendet sich plötzlich jäh zu Marta.)

RTA: (erschrickt) Und schreiben so fromme Gedichte ....

L: Haben Sie sie übersetzen können?

RTA: Mühsam, jedes Wort schlug ich nach.

L: Später sende ich Ihnen täglich Kamillensträuße.

Schenken Sie mir eine aus Ihrem Gürtel, bitte.

RTA: Meinetwegen.

L: Sie paßt zu Ihnen, wie zur Amazone die Waffe.

RTA: Und sind ebenso gefährlich.

L: Wenn Sie die Blättchen fragen. (Man sieht Frau Sonntag und Eduard durch eine dichte Baumallee wandeln, der Villa zu.)

RTA: Das tu ich schon lang nicht mehr.

L: Sie sind Ihrer Sache gewiß. (Er will ihre Hand küssen.) Sie spielen mit mir, Marta?

RTA: Wenn Sie noch einmal meine Hand berühren, schlage ich Sie.

L: Tun Sie das. (Marta bricht, unwillig auflachend, ein Stöckchen vom Strauch ab, sie berührt damit Carls Hand.)

RTA: Wehren Sie sich doch!

L: Wie sollte ich mich wehren, einem Fräulein gegenüber.

RTA: Sie sind feig.

L: Allerdings.

RTA: Feigling!

L: Sie reizen mich.

RTA: (lacht mutwillig auf; Carl berührt mit seinem Bleistift leicht ihre Hand; Marta lacht ihn aus, Carl schlägt.)

L: Verzeihung — o (er will ihre Hand küssen.)

RTA: Das war gemein. (Sie schlägt stärker zurück.)

L: O! (wehrt ab.)

RTA: Das war gemein, hier!

L: Ich fange gleich an zu weinen wie ein Kind.

RTA: Pfui!

L: Sie sind herzlos.

RTA: Und Sie vielleicht nicht?

L: Ich war hilflos.

RTA: (leichtfertig, kindlich und kokett) Und wenn ich Ihnen alle (greift in den Gürtel nach ihrem Kamillenstrauße) schenke?

L: Sie legten Sie nun auf ein Grab.

NRICH: (kehrt durch die Gartentür zurück — er nähert sich den beiden.)

RTA: (erschrocken zu ihm) Wie ein Dieb.

NRICH: Bei *den* Füßen (zeigt sie) müßte man schon taub sein. (Er gähnt in verschiedenen Tönen.) Pius, kennen Sie ein Subjekt Namens Amadeus?

L: (noch in Gedanken.)

NRICH: Er kennt Sie.

L: Der Amadeus mit dem gläsernen Herzen.

RTA: Warum kommst Du schon zurück?

NRICH: Weil ich müd bin.

RTA: (zu Carl) Auguste kennt seinen Großvater, der war Glaser und er deutet Träume.

NRICH: Er hat mir soeben den Tod prophezeit.

L: (ironisch) Die Deutung schmutziger Gewässer.

NRICH: Nä ... (zynisch, gutmütig) ich hab von faulen Eierschalen geträumt; für 10 Groschen wollte er mich auch nicht am Leben lassen.

L: Er ist konsequent.

NRICH: Das muß man ihm lassen.

RTA: Oft sollen gerade so Leute wahr prophezein; erzähl es nur nicht Mama.

NRICH: (geht zwischen den Zähnen summend ins Haus; vorher verschließt er die Gartentür.)

RTA: Ich glaub, er hat doch was Angst.

L: (lacht auf) Er hat es schon längst vergessen.

                    (Die Katzen schreien.)

RTA: Wie kleine Kinder!

L: (schweigt.)

RTA: Weiße Angorakatzen sind himmlisch.

(Berta und Auguste schleichen um das Haus mit Briefen in der Hand und klettern über den Zaun.)

L: Haben Sie Ihre Dienstboten gesehen?

RTA: Es sind doch auch Menschen.

L: Darum müssen sie gehorchen.

RTA: Eduard sagt immer, es seien arme, weiße Sklaven.

L: Eduard ist ein Idealist. (Die Katzen schreien wieder auf.)

RTA: Das war die alte, greise Katze!

L: Ich werde noch tobsüchtig .....

RTA: (lacht mutwillig, kokett.)

L: Lassen Sie das Vieh!

RTA: Wie Betrunkene — (sie schreien wieder.)

L: Sie lecken zuviel an den süßen bunten Kelchen.

RTA: Auf meiner Decke liegt des Morgens immer Blütenstaub.

L: Ich schlafe nicht.

RTA: Wegen des Examens?

L: Ich habe täglich ein schwereres zu bestehen.

RTA: Meine Mama — — — (sie sehen beide gespannt zum oberen Fenster der Villa; Carls Arme sinken schwer herab.)

RTA: (atmet laut auf, Frau Sonntag ist wieder vom Fenster verschwunden, man hört murmeln außerhalb des Gartens.)

L: Mädchen! (Er reißt Marta an sich, sie aber entwindet sich seinem Arm und stürzt ins Haus. Carl bleibt allein. Der gläserne Amadeus, Pendelfrederich, Lange Anna bleiben am Eingang der Gasse stehen.)

ge ANNA: Fises Mensch, zwei Stunden hab'n wir uns in die Winkels vor de Türen gedrückt, in der Zeit Du prophezeit hast, un nu gibst De uns so 'en schäbigen Lohn?

DELFREDERECH: Un mir kriegst De auch nich mehr mit zum Bangemachen.

ADEUS: Ich hab euch nich zu eingeladen, mit mich zu gehen; un Du, Frederech, vertreibst mich de Kunden mit Deine offne Bux.

ge ANNA: (schmeichlerisch zu Amadeus.) Ich bin doch immer mit Dich gegangen, un nun sprichst De so (stößt ihn mit der Schulter vertraulich an). Es hat wohl lang nicht geklirrt in Dein zimperlich Herz?

ADEUS: Na, da hast es, aber en halben Taler mußt De mich lassen.

ʒe ANNA: (dreht sich um und stellt sich vor die Mauer.)

ADEUS: Siehst De denn nich (zeigt auf das Schild).

ʒe ANNA: Ich hab überall Passe-partout. (Die beiden Mädchen kehren zurück, sie wollen schnell über den Zaun springen, sehen die Männer und schreien auf.)

ADEUS: Nu schreit man nich so toll, ihr herrschaftliche Hurweibers.

ʒe ANNA: (ganz hoch) Sollen wir ens?

TA: Herr Pius!

GUSTE: Helfen Sie uns!

L: (beachtet ihr Hilferufen nicht.)

GUSTE: Der eine kriegt mir an de Bein! (Die Mädchen schreien abwechselnd auf, sie sind endlich über den Zaun, laufen zu Carl.)

TA: Haben Sie die drei gesehen?

GUSTE: Ich kann nich mehr, ich kann nich mehr, nä, ich kann nich mehr! (Amadeus lacht.) Hat die Frau nach mich gerufen, Herr Carl?

L: Darüber kann ich Ihnen keine Auskunft geben.

(Pendelfrederech murmelt grausig, Lange Anna spielt auf seiner Handharmonika: O, Du lieber Augustin, alles ist hin, hin, hin usw. Sie gehen weiter durch die Gasse der Stadt zu.)

TA: So hochnäsig. Sie bilden sich wohl ein, Sie sind der Herr Eduard selbst?

GUSTE: (gutmütig) Lassen Sie ihm, Berta, es is ja sein Freund, was Herr Carl?

TA: (plötzlich gewöhnlich) Mach, daß Du zu Haus kömmst, de Großmutter will das Enkelsöhnchen noch in Schlaf singen.

GUSTE: Still, Berta, er wird schon wissen, warum er hier sitzen tut.

TA: Aber beim Fräulein brennt doch schon de rosa Nachtampel. (Die Mädchen schleichen durch den Kellergang ins Haus. Die Katzen schreien noch mal auf, man hört in der Ferne noch Lange Anna spielen: „Alles ist hin, hin ....“.)

DRITTER AKT

Abends ½9 Uhr. Jahrmarkt. Karussell im Vordergrund links. Hinter dem Karussell und seitwärts rechts die verschiedenen Buden. Im Vordergrund die Bude der Riesendame Rosa, neben dieser die Schießbude, dann die Taucherbude, die Honigkuchenbude etc. Gegenüber links in kleiner Entfernung die schrägstehende Bude der Mutter Pius, die man nur ein Viertel sehen kann. Eine gemalte *Kindermumie mit zwei Köpfen* ist grotesk auf der Jalousie gedruckt. Fabrikarbeiter, Fabrikarbeiterinnen, Kommis, Ladenmädchen, Dienstmädchen, Herren der Gesellschaft mit ihren Schätzen, Schuljungen, Gassenkinder, Herumtreiber, etc. Im Karussell stehen im doppelten Kreis hölzerne, groteske Tiere: Leopard neben Lamm, Reh neben Tiger, Löwe neben Pferd, Hirsch neben einer Riesengans u. s. w. In Kutschen, die auf und nieder schaukeln, sitzen laute Weibsbilder und an den Eisenstangen, die das Dach des Karussells halten, stehen Arbeiter und Schuljungen, um den Ring wetteifernd, der an einem Pfahl unweit des Karussells hängt und eine Freifahrt bedeutet. Das Karussell dreht sich noch langsam auf die schon fast abgelaufene Melodie „O Du lieber Augustin". Die letzten Töne: „Alles ist hin, hin hin, alles ist hin — —" Vor dem Karussell stehen Heinrich Sonntag und Lieschen Puderbach. — Sie tragen auf der Nase ein blaues Pincenez und in der Hand einen Gummiball. Heinrich ist etwas angeheitert. Um Lieschens Hals hängt ein großes Pfefferkuchenherz mit der Aufschrift: Ich liebe Dich. Man hört die beiden lachen zwischen den Klingeltönen des Karussells.

Heinrich Sonntag, sein Geschäftsfreund, die Herren mit grauen Cylindern, Dr. v. Simon, Berta, Mutter Pius, Lieschen, August, Zuhälter Wilhelm, Riesendame Rosa, Kommis, Ladenmädchen, Dienstmädchen, Pendelfrederich, Lange Anna, der gläserne Amadeus, Arbeiter, unter ihnen Färber, Weber etc., Arbeiterinnen, Weibsbilder, Jahrmarktsleute, Gassenkinder.

ξCHEN: Ich fahr für mein Leben gern, (es klatscht in die Hände) ich setz mir auf den Leoparden und Sie auf das Lamm.

NRICH: Das machen wir, Puppel.

ξCHEN: Wollt es ens doch endlich still stehen, Herr.

NRICH: Du brauchst doch nicht immer Herr zu mir zu sagen.

ξCHEN: Wie soll ich Euch denn nennen?

NRICH: Wie De Dein Schatz nennst, Puppel.

ξCHEN: Den nenn ich Herrn Eduard, er is mein Königsschatz.

NRICH: (tut erstaunt, er ahnt den Zusammenhang nicht.)

ξCHEN: Den kennen Se nich. (Unbewußt verächtlich.)

NRICH: Ist er grad so schön wie ich?

ξCHEN: Carl Pius sein Freund is er.

NRICH: Aber so einen langen Schnurrbart (er streicht ihn in die Höhe) hat er doch nicht?

ξCHEN: Herr Eduard scheint immer aus sein Gesicht.

NRICH: (etwas besonnen, er weiß nun, von wem das Kind spricht) Ich möchte so Jemanden wohl kennen lernen.

ξCHEN: Der kömmt doch hierhin nicht. (Das Karussell steht still, die Leute springen ab. Es steigen unter andern wüste Männer und Weibsstücke ein, welche toben und kreischen. Heinrich springt jäh mit Lieschen in einem Satz herauf. Mutter Pius steht plötzlich vor dem Karussell; Lieschen ist im Begriff, sich auf den Leoparden zu setzen und Heinrich sitzt schon auf dem Lamm.)

ter PIUS: (zu Lieschen) Das laß ich mich gefallen mit so en artigen Herr, mein Herzeken.

Weibstück: (zu Lieschen) Laß mich ens beißen von das süße Herz.

;CHEN: (zu Heinrich) Nä, dat kriegt der Aujust. Er guckt sich de Augen nach aus und schämt sich, in de Leckersläden zu gehen. (Kleine Pause.) Daß es noch nich anfängt!

(Arbeiter treten ungeduldig mit den Füßen. Ein Geschäftsfreund von Heinrich im grauen Zylinder tritt mit je einem Schatz am Arm ans Karussell.)

Geschäftsfreund: (zu Heinrich) Nun, Sie alter Sünder! (Das Karussell bewegt sich.)

NRICH: Steigen Sie noch rauf! (Sie springen herauf.)

;enkind: Nehmen Se mir doch auch mit, Herr! (Die Musik spielt wieder: „O, Du lieber Augustin etc.".)

ter PIUS: (zynisch zu Allen) Wünsch euch ne angenehme Hochzeitsreis! (Sie kehrt schleunigst an ihre Bude zurück. Es kommen die Herren mit den grauen Zylindern, [Bekannte von Heinrich] mit einer Anzahl Schätze und springen im beginnenden Tempo aufs Karussell. Arbeiter drängen die Weiber rücksichtslos ins Innere hinein, da sie auch den Ring greifen wollen. Das Karussell dreht sich wie ein Wirbelwind. Dr. v. Simon und Berta kommen aus der Bude der Riesendame — sie gehen beide auf das Karussell zu.)

TA: Ist das nicht der Heinrich?

/. SIMON: Wo?

TA: Warten Sie, gleich können Sie ihn wieder sehen.

/. SIMON: (ein wenig erschrocken.)

TA: Wenns nun Herr Eduard erfährt? .....

/. SIMON: Der Narr ist wohl auch schon *Dein* Beichtvater?

TA: Und unsere Frau?

v. SIMON: (blickt durch seine kleine, goldene Lorgnette — beruhigt) Er kann nicht mehr gerade sitzen.

TA: Mich kanns ja gleich sein, ich will doch nicht mehr lange für andere Leute arbeiten.

7. SIMON: (ergreift aufatmend die Gelegenheit) Du mußt mir Dein Herzchen ausschütten, liebes Kätzchen. (Er will mit ihr umkehren.)

TA: Der bleibt ja nicht lange hier, er reitet ja jetzt immer schon um 6 Uhr früh spazieren. (Sie gehen in die Taucherbude, das Karussell bewegt sich etwas langsamer. Man hört im Vorbeifahren Heinrichs Stimme.)

NRICH: Noch einmal, Puppel?

;CHEN: Sicher, lieber Herr!

Weibsbild: (aus der Rutsche) Kommt ens bei mich rein!

;CHEN: Stell Dir doch an de Stange, dann kriegst De den Ring. (Einige Gassenkinder schreien.)

;enkinder: Der Schimpanse ist ausgekniffen, de große Chimpanse is ausgekniffen! (Es entsteht eine Panik, zu einem Knäuel strömen die Menschen zusammen, fast alle Fahrenden springen vom Karussell herunter, Lieschen will das Gleiche tun.)

;enkind: Der große Chimpanz mit dem kleinen Schwanz is ausgekniffen, ausgekniffen!!!!

;CHEN: Hörn Se denn nich, der wilde Affe is ausgekniffen, der beißt, ich hab Angst vor das Tier. De Lehrer sagt, an Kinder machen sich de großen Tiere am ersten ran. (Der Taucher läuft aus der Bude, gestikuliert mit dem Eisenkopf und den Eisenfäusten, was furchtbar komisch aussieht.)

NRICH: (hält Lieschen fest).

ter PIUS: (kommt ans Karussell) Bleibt man sitzen, das is ja nur eine geriebene Reklame von de Zirkusleute.

;CHEN: Is es auch sicher nich wahr, liebe Mutter Pius?

NRICH: (nickt) Nein. Haben Sie das Pulleken kaltgestellt, Mutter Pius?

ter PIUS: (zynisch und wehmütig) Un mich dabei. (Die vorzeitig Abgestiegenen nähern sich wieder dem Karussell, zwei Weibsbilder schlendern Arm in Arm herbei.)

42

)sbild: (zu Heinrich) Nehm mich doch, Du zerbrichst ja Dein Riesengespielzeug.

anderes Weibsbild: Er is doch de *Puppenhangri!*

    (Die Herren im Zylinder lachen ermuntert auf.)

NRICH: (zu Lieschen) Was sie nich alles vom lieben Heinrich wollen, was Liescken? (Einer der beiden Schätze des Geschäftsfreundes sagt zu ihrem Begleiter.)

erste: Zu de Riesendame wollen wir ens rin (zu ihrer Mitliebsten) Kuck, Minna, die hat en Bart wie en Kerl. (Das Karussell bewegt sich wieder, ohne zu spielen; in ihm sitzen nur noch vereinzelt Kinder zwischen Heinrich und Lieschen.)

NRICH: (unsicher, da er angeheitert ist) Lieschen, spielt es denn nicht?

)CHEN: Es ist schon spät in die Nacht, Mutter Pius sagt, die Polizisten kämen sonst.

NRICH: Dann wollen wir auch machen, daß wir runterkommen. (Er läßt die Kleine vom Leoparden auf seinen Rücken steigen, springt mit ihr vom Karussell, juchheit, läßt Lieschen zur Erde fallen, hebt es wieder in die Höhe, läßt es wieder fallen, hebt es wieder in die Höhe, läßt es wieder fallen, fängt es auf, mit ihm springend durch die Menge, Mutter Pius kommt ihnen bis zur Taucherbude entgegen. Die Herren mit den grauen Zylindern sind vorangegangen mit den Schätzen und bleiben an der Schießbude stehen und schießen.)

ter PIUS: (etwas neidisch zu Heinrich und Lieschen) Wie die Blagen. (Es kommen eine Menge neue Arbeiter.)

)CHEN: Ich hab Angst, der Vater kömmt und holt mir.

NRICH: Ich versteck Dich in meinen Mantel, Puppel.

)CHEN: Meinen Taler nimmt er mich ab für die Sparkass.

NRICH: Dann schenk ich Dir einen goldenen Puppel.

)CHEN: So reich sin Se? (Mutter Pius, Heinrich, Lieschen gehen weiter.)

Frau: (erstaunt fragend) Das Kleine von Puderbachs! ... (Sie sperrt grinsend den Mund auf.)

ter PIUS: Nu, un was alles! Das Kleine helft mich hier. (Sie biegen nach links ein.)

(Dr. v. Simon und Berta treten aus der Taucherbude.)

IMON: Du mußt nicht immer so laut meinen Namen nennen, Kätzchen, das ist nicht fair.

TA: (beleidigt) O, ich weiß mir doch zu benehmen. (Sie ahmt die Bewegung Martas nach.) Du willst mir wohl los sein, Bruno?

IMON: Bewahre. (gereizt): Aber es wäre Deine Pflicht gewesen, mich auf den Betrieb hier aufmerksam zu machen. Bedenke die Konsequenzen, falls mich einer meiner Arbeiter hier überrascht.

TA: Unser Heinrich geht doch auch immer auf die Messe.

MON: All right! Die Arbeiter wissen auch, was sie von ihm zu halten haben.

TA: (mürrisch) Dann hätten wir ja überhaupt bei Dir bleiben können.

MON: Das können wir ja noch nachholen. (Er kitzelt sie heimlich in die Taille.)

TA: (schüttelt den Kopf. Dr. v. Simon schiebt sie langsam vorwärts am Karussell vorbei zum vorderen Ausgang.)

MON: Wann feiern wir Hochzeit, Kätzchen?

TA: (versöhnt) Ich dachte nach Weihnachten; so lang bleib ich auch noch. Die Frau hat mir durchs Fräulein fragen lassen, was ich mir wünsche.

MON: Lass Dir mal weiche Kopfkissen schenken (sagt ihr noch etwas ins Ohr) mit einem *rosa* Himmelchen darüber ....

TA: (verschämt geziert).

MON: Also vorher wird nichts?

TA: Ich bin doch ein anständiges Mädchen (geziert), ich dürfte nicht mehr nach Hause kommen.

MON: Auch nicht mir zu Liebe? (Er kitzelt sie wieder in die Seite. Sie biegen beide ein, man sieht sie nicht mehr. Färber, deren Hände durch ihren Beruf bunt angelaufen sind, —

August Puderbach ist unter ihnen, und Weber in gestreiften Kitteln und andere Arbeiter in blauen Blusen kommen über den Jahrmarkt. Mutter Pius tritt wieder in den Vordergrund.)

GUST: (Zu Mutter Pius) Wo ist es?

ter PIUS: Liesken oder meine Rarität?

GUST: Es!

ter PIUS: Guck ens selber.

GUST: Deine Bude ist ja schon zugeschlossen.

ter PIUS: Meinst De, ich laß se bis zum frühen Morgen offen stehen?

GUST: (Springt auf's Karussell, er dreht selbst die Orgel, die noch die letzten Töne des Liedes O Du lieber Augustin dumpf abgibt. Er setzt sich dann auf den Hirsch und lutscht an einer langen Stange Süßholz; Herr v. Simon kehrt alleine nach Heinrich spionierend zurück, ein Weibsbild tritt zu ihm heran.)

Weibsbild: Lassen Se mir ens schießen, ich möcht en Taschenmesser gewinnen.

LEM: Das sag ich Dich, läßt de Dir mit *dem* ein, hau ich Dich de Backzähn aus!

SIMON: (ihn wiederkennend, ängstlich) Nicht gleich so heftig, ich werd sie Dir nicht fortschnappen.

LEM: Du dünnet Geripp, durch wen bin ich so heruntergekommen, wenn nicht durch Dir (droht.)

SIMON: (zitternd) Sind Sie nicht der Willem?

LEM: So heiß ich.

SIMON: Warum hat Sie denn eigentlich der Chef gehen lassen?

(fixiert ihn durch die Lorgnette.)

LEM: Tu man das Glas von de Nas runter, de Hauptsach is, daß ich Dir wieder kenn, miserabel Verführer!

SIMON: (zitternd und devot) Kalt Blut, Willem.

LEM: (Zu den Zuhörenden) Ich hab auch zu meiner Schwester gesagt, wenn ich den ens zwischen de Finger krieg!

ust PUDERBACH: (springt komisch vom Karussell) Ich wollt meine Stange Süßholz ens zu End lutschen. (Zu v. Simon idiotisch tückisch.) Seine Schwester haben Sie aufs Gewissen; nu kann sie lange warten, bis ich sie nehm, Sie fiser Seidenwurm.

LEM: Meine Schwester Laura auf Dir warten? Auf son Pitter? (Er spuckt ihn an.)

MON: (will sich aus dem Staub machen, aber die Herren im Zylinder halten ihn auf mit Fragen.)

GUST: Ich heirat überhaupt nich und die abgeknutschte Laura verdek nich.

LEM: (Haut August eine Backfeife herunter; die Herren im Zylinder kommen in den Vordergrund und und ziehen v. Simon mit sich.)

MON: (zu den Herren) Es wird die höchste Zeit sich zu entfernen. Shoking! Shoking!

r der Herren mit dem grauen Zylinder:
Sie verstehen nicht mit den Leuten zu scherzen.

IMON: (verächtlich sich mit den Fingerspitzen affektiert abstäubend) Allerdings!

. GESCHÄFTSFREUND: Hat man Ihnen das nette Dingelchen stiebitzt?

ZWEITER VON DEN HERREN MIT DEM GRAUEN ZYLINDER: (auf Heinrich zeigend) Der Chef versteht es besser mit den Leuten. (Heinrich taumelt stark betrunken an der Hand Lieschens, das selbst sehr angeheitert ist, fiebernde Backen und Augen hat, in den Vordergrund.)

NRICH: (zu Lieschen) Kannst mich leiden, Puppel?

CHEN: (nickt, schüttelt die Haare wild und wirr durcheinander.)

MON: Shoking!

Herren: (freundschaftlich) Wir wollen ihn nach Hause bringen.

NRICH: Nach Haus? Zylinder ab!! Lieschen, hörst Du, nach

Haus wollen sie mich transportieren.

ter PIUS: (leise und vertraulich Heinrich ins Ohr) Mach man daß de wegkommst, de kleine dünne Zahnstocher (weist auf v. Simon hin) gefällt mich immer schon nich.

NRICH: Wann wirst De eingesegnet, Liesken?

SCHEN: (weinselig) Brüst hab ich wie junge Salatköppe.

HERREN MIT DEN GRAUEN ZYLINDERN: (drängen ernst) Sonntag, kommen Sie jetzt!

MON: Shoking! ...

NRICH: Was sagen Sie?

MON: (zieht ihn unsanft am Arm und spricht befehlerisch) Sie folgen mir ohne Zaudern!

NRICH: (in festem Ton, als ob er *nüchtern* wäre, plötzlich) Wer ist der Herr, ich oder Sie?

. GESCHÄFTSFREUND VON HEINRICH: (zu v. Simon) Reizen Sie ihn jetzt nicht.

MON: (dreist, sich von den Herren gedeckt glaubend) In diesem Falle bin ich der Herr.

NRICH: (jähzornig taumelnd) Soldaten, Kameraden, wer is der Herr Leutnant, er oder ich?

(Scharen von Arbeitern sammeln sich plötzlich um Heinrich, v. Simon ahnt eine Katastrophe, am Körper zitternd sucht er kleinlaut Sicherheit hinter dem großen breitschultrigen Geschäftsfreund von Heinrich und den anderen Herren.)

Arbeiter: Ein guter Leutnant war er.

ZWEITER: Gezecht hat er mit uns auf Kaiser sein Geburtstag wie'n gemeiner Soldat mit den andern.

DRITTER ARBEITER: Wir wollen ihn hoch leben lassen.

GANZE SCHAR: Unser lieber Leutnant er lebe hoch! Hurra! Hurra! Hurra!

LEM: (Herrn v. Simon drohend) Kerl!

(v. Simon wagt nicht den Schauplatz zu verlassen, sich überhaupt zu bewegen.)

NRICH: (brüllt) Angetreten! (Die Arbeiter und und

Herumtreiber sammeln sich in Kolonnen wie im Manöver. Die Weiber gucken neugierig zu. August stellt sich an die Spitze des links aufgestellten Bataillons, er hat sich einen Helm aus einer Zeitung angefertigt und setzt ihn auf den Kopf. Er empfängt seiner Ungeschicklichkeit wegen Püffe und Stöße.)

NRICH: (Besichtigt taumelnd sein Regiment, schickt den einen zurück, den andern setzt er an den Anfang der Reihe etc. Ab und zu Flüche ausstoßend. Brüllt) Gerade gestanden! Schockschwerenot!

LEM: De Landhasen müssen zuerst auf den Feind losstürmen. (August macht eine Schießbewegung, den zitternden v. Simon suchend.)

;CHEN: (frech) Da is er ja!

NRICH: Un de Maikäfer halten sich im Hinterhalt.

LEM: Un de Musik machen de Bindfadenjungen, daß de Hengste nur so galoppieren. (Alle lachen furchtbar und die einexerzierten Arbeiter freuen sich mit Heinrich wie große ungeschlachte Jungen, die Soldaten spielen.)

LEM: Nu man los, Herr Leutnant, ich bin Euer Unteroffizier.

NRICH: (brüllt) Ganzes Regiment linksum, vorwärts marsch! (Lieschen läuft neben Heinrich her mit den Händen trommelnd und mit den Lippen den Rhythmus markierend. Die Arbeiter exerzieren einige Schritte vom Vordergrund dem Platz zu; plötzlich v. Simon bemerkend, wollen sie sich wie wütende Hunde auf ihn stürzen.)

NRICH: Stillgestanden!!! den Feind hau ich allein kurz und klein.

LEM: (Schleift ihn herbei, seine Hände mit der Lorgnettenkette fesselnd, wie vor seinen Feldherrn. v. Simon stöhnt vor Angst. Die Herren mit den grauen Zylindern kommen ihm nicht zur Hilfe, sie amüsieren sich, neugierig den Vorgang betrachtend.) Lassen Se sich nicht totschlagen mit seinen Sabel, Herr Leutnant. (Er zeigt tobend vor

Lachen v. Simons dünnes Spazierstöckchen.)

GUST: Nu kann es losgehen, Kinder. (Willem löst die Kette von v. Simons Händen.)

GESCHÄFTSFREUND: (drängt sich durch die erregte Arbeitermenge zu Heinrich, der hört aber in seiner Betrunkenheit des Freundes leises Zusprechen nicht; Heinrich hebt ein Kalkstückchen vom Boden auf und zieht einen großen Kreis unterhalb seines Herzens.)

NRICH: So Jüngsken, das Terrain darfst De nich überschreiten, sonst bin ich belämmert (alles lacht stürmisch, nur Lieschen umklammert Mutter Pius ängstlich.)

CHEN: (Sinnlich erweckt) Der macht den Heinrich tot. (v. Simon verblüfft; Heinrich wankt auf seine Freunde zu. v. Simon will die Flucht ergreifen, aber die Arbeiter packen ihn.)

Riesendame: (guckt aus ihrer Bude) Kommen Se bei mich, Herrchen! (v. Simon befreit sich einen Augenblick, die Arbeiter hinter ihm her. August springt wie ein Kater auf seinen Rücken. Aber es gelingt v. Simon, ihn abzuwerfen und sie rasen hintereinander über den Platz dem Ausgang zu.)

NRICH: Steckt ihn in den Aussichtsturm, meinetwegen! (Die Herren nehmen den völlig erschöpften Heinrich in die Mitte, um mit ihm fort zu gehen.)

NRICH: (zu Lieschen und zu Mutter Pius) Schlaf süß, Marze, gute Nacht, Mama Charlottchen.

Geschäftsfreund: Das müßt sie hören. (Die Menge verläuft sich, die Buden werden geschlossen, die alte Pius rennt in ihre Bude. Lieschen steht ganz allein im Vordergrund, setzt sich noch einmal auf den Leoparden im Karussell, streichelt ihn und springt dann ab.)

Riesendame: (Steckt den Kopf durchs Fenster.) Wie heißt Dein charmanter Kavalier?

CHEN: Das geht Euch niks an. (Heinrich, in der Mitte der

Herren, sieht man noch hinter dem Platz des Jahrmarktes auf einer Anhöhe heimwärts ziehen. Die drei Herumtreiber kommen langsam am Karussell vorbeigewandelt über den Jahrmarkt gehend.)

DELFREDERECH: Wir wollen den Garten nu reinigen von de Sünde (murmelt böse).

ze ANNA: (Macht die Bewegung des Kehrens. Er trägt eine lange rauschende Papierschürze und eine Frauennachthaube aus Papier mit flatternden Bändern auf dem Kopf und eine dicke Warzennase.)

ADEUS: (Auf Heinrich zeigend.) Da wandelt mein Todeskandidat.

ter PIUS: (kommt von ihrer Bude zurück, in der einen Hand einen Korb, in der andern die Kindermumie, ihr zweiter Kopf angefertigt aus Lumpen, baumelt am Rumpf herunter.)

ter PIUS: (zu Lieschen) Ich will mir hängen lassen, wenn es nicht Dein Krakehler von Vater gewesen war. (Lieschen läßt vor Müdigkeit den Kopf hängen; schauert auf, als Mutter Pius ihm die kleine Mumie reicht.)

ter PIUS: (zynisch) Halt ens Dein Zwilling fest; (Mutter Pius befestigt den Kopf wieder an dem Rumpf. Die Riesendame grinst aus dem Fenster.)

ter PIUS: Nu komm man rasch, sonst pumpt mir die Rosa (Auf die Riesendame weisend) wieder an, und de Mutter Pius kann nicht „Nä" sagen.

(Sie wollen beide eilig über den Platz gehen, als Lieschen stehen bleibt, jäh Mutter Pius' Schoß umfassend.)

ECHEN: Ich dank Dir auch vielmals für alles, liebe Mutter Pius. (Sie eilen weiter, die Riesendame läßt die grün und gelb gestreifte Jalousie ihrer Bude herunter, die fällt gleichzeitig wie der erste Vorhang über die ganze Bühne.)

VIERTER AKT

(Im Arbeiterviertel wie im ersten Aufzug.)

Schornsteine dampfen und pfeifen in der Ferne jenseits der Wupper. Die Wupper ist bewegt und dunkelrot verfärbt. Fabrikarbeiter und Arbeiterinnen sind auf dem Wege zur Fabrik. Jungen ziehen Milchkarren und Kinder laufen in die Bäckereien, Frühstück auszutragen. Über die Brücke geht dem Häuschen von Pius zu, Eduard.

Eduard, Carl, Lieschen, August Puderbach, Mutter Pius, Frau Amanda Pius, Großvater Wallbrecker, Gretchen Stomms.

[E]DARD: (erblickt Lieschen, das zur Bäckerei gehen will) Lieschen!

[LIES]CHEN: (es läuft entzückt zu ihm) Herr Eduard! Herr Eduard!

[E]DARD: Wohin gehst Du denn so früh?

[LIES]CHEN: (ist noch immer zu freudig, um zu sprechen, es hält Eduards Hand fest und springt beständig in die Höhe.)

[E]DARD: Freust Du Dich denn so, mein Kind?

[LIES]CHEN: Sicher!

[E]DARD: Sieh mal — (er schwingt eine Rolle hoch in der Luft.) Komm, wir setzen uns hier auf die Bank. (Sie setzen sich vor Pius' Haus auf die Bank. Eduard öffnet die Rolle.)

[LIES]CHEN: Is aus England, nich?

[E]DARD: (nickt).

[LIES]CHEN: (bewundernd) Wie is *das* schön gemalen!

[E]DARD: Welche von den Puppenmüttern gefällt Dir am

52

besten, Lieschen?

ۨCHEN: (freudig) De mittelste, die hat so große Augen, wie Sie habn.

۱ARD: (streichelt ihr Haar) Das Bild mußt Du Dir an die Wand hängen, mein Kind.

ۨCHEN: Über unser Bett kommt es zu hängen, un der alte Herr Jesus fliegt auf'n Oller mit seine rotgeheulte Augen.

۱ARD: Aber Lieschen ....

ۨCHEN: Er guckt wie der Vater, wenn er von de sündige Welt predigt.

۱ARD: Es kann auch nur ein frommer Maler unsern Heiland so schön malen, wie er gewesen ist.

ۨCHEN: (etwas dreist) Meine Mutter sagt, Sie möchten uns en goldenen Rahmen bei das Bild kaufen.

۱ARD: Hat das Deine Mutter gesagt?

ۨCHEN: (ihre Dreistigkeit fühlend, kleinlaut) Molz!

۱ARD: (spricht zärtlich, gütig) Aber daß Du gestern nicht das kleine Christkind besucht hast, Lieschen, darüber bin ich sehr traurig.

ۨCHEN: (erschrocken) Das dürfen Se nich sein; lieber bleib ich mein Lebenlang in de Kirche auf de Stein liegen, dreihundertundfünfundsechzig Tage (besinnt sich) un all die Stunden und die Minuten.

۱ARD: (gerührt) Unsere liebe Mutter hat Dich auch besonders gern, Lieschen.

ۨCHEN: Ich bin doch ens so schäbig angezogen.

(Sieht auf ihr Kleid herunter, Arbeiter grüßen Eduard ehrerbietig.)

۱ARD: Darauf sieht unsere liebe Mutter nicht; sie sagte mir, Du habest ein himmelblaues Herzchen, Lieschen, und sie möchte so gern, daß es nicht fleckig würde.

ۨCHEN: En himmelblaues Herzken ... habn Sie einmal so eins gesehn? (Kinder rufen Lieschen an.)

ﺅs Kind: Lieschen!

ﺍtes Kind: Lieschen! (Sie laufen wieder fort.)

JARD: Nur einmal bei einem kleinen Engelchen, das trug es ganz vorsichtig in einem seidenen Tüchelchen in den Händen.

;CHEN: Aber denn konnt es doch nich mehr klopfen?

JARD: Gewiß, es pochte ganz, ganz leise, lauter Perlen.

;CHEN: Sicher?

JARD: Und das Engelchen konnt es immer sehn, und so mußt Du auch Dein Herzchen wohl behüten, verstehst Du mich, Lieschen?

;CHEN: (verzückt und erstaunt) Ja .....

ler: Lieschen, es is half sieben, wir sagen es wieder!! (Lieschen rafft sich auf.)

;CHEN: Ich muß nu laufen, Herr Eduard. (Gretchen Stomms kommt herbei, nähert sich etwas dreist den Beiden und sagt Lieschen etwas ins Ohr.)

;CHEN: Das is doch *der* nich. (Wird schüchtern, will fortlaufen mit Gretchen Stomms.)

JARD: Eine Hand darfst Du mir doch noch geben!

;CHEN: Mir haut der Vater, wenn ich trödel'.

TCHEN STOMMS: (altklug) Es kriegt heute seine Löhnung.

JARD: (nickt; Wichtigkeit markierend. Lieschen verläßt ihn befangen. Die beiden Kinder laufen, die Arme gegenseitig über Kreuz im Rücken, fort.)

WALLBRECKER: (er trägt altmodisch grüngestickte Pantoffeln und die neue Pfeife in der einen Ecke im Mund. Arbeiter kommen wieder an Eduard vorbei.)

r der Arbeiter: (brutal auf Eduard zeigend) Der muß auch bald ins Gras beißen.

3vater: (erblickt ihn) Guck einer an, der junge Herr so früh. (Nicht Antwort abwartend nach dem Dachfenster sich aufstreckend) Carl, steh auf, Faulenzer, dicker Plumpsack, steh auf! Amanda!

JARD: (will ihn beruhigen) Lassen Sie sie noch friedlich schlummern, Großvater.

3vater: Tum Tingelingeling! ..... (Er drängt Eduard, sich wieder auf die Bank niederzusetzen.)

JARD: Was meinen Sie, Großvater, wenn ich mir auch ein Pfeifchen anzünde?

3vater: (streicht ein Schwefelhölzchen an der Wand des Häuschens an.) Schlecht sehn Se mal wieder aus, un es fehlt doch nicks bei Sie; wo der Teufel einmal drinsitzt! ... Was sag ich, der Teufel? Wallbrecker bist Du doch en dämlich Roß, aber was muß das für en Satans in Sie sein?

JARD: (schelmisch) Wer den wohl erlegen könnte, Großvater?

3vater: En Heiligen sind Sie, der heilige Laurentius sind Se, un Kaffee müssen Se bei uns trinken, sonst beleidigen Se meine Tochter Amanda. (Er zeigt auf Amanda, die mit einem Tisch aus dem Häuschen kommt, ihn vor die Bank zu stellen.)

AMANDA PIUS: Son'ne Ehre, geehrter Herr Eduard! (Stellt den Tisch vor die Bank und reicht ihm die Hand. Zu Wallbrecker): Wo is de Carl?

3vater: Er schläft noch. Ruf Du ihm.

AMANDA: (geht ins Häuschen.)

3vater: Er will nu Pastor werden, nehmen Sie's ihn nich übel, lieber Herr Eduard. (Amanda kehrt mit Kaffeekanne, Tassen, Butterbrot etc. zurück. Es wird immer heller. Arbeiter und Arbeiterinnen, unter ihnen Färber mit grün-, rot-, oder gelb-glänzenden Händen und bleichen Gesichtern ziehen vorbei.)

3vater: (zu einigen Arbeitern) Guten Tag zusammen!

eiter: Auch schon aufgestanden?

ANDA: Wenn uns der junge Herr (Carl unterbricht sie.)

L: Ich bin gleich unten.

ANDA: Wenn uns der junge Herr die Ehre schenken will un en Köppchen Kaffee mit uns trinken will?

JARD: (gütig) Ich bin ordentlich durstig, liebe Frau Wirtin.

ANDA: Es fiel mich ja im Traum nich ein, daß de junge Herr

heut kommen könnt, ich hätt sonst en Lot mehr gemahlen.

L: (man hört ihn oben sprechen) Meinen Kragenknopf kann ich nich finden.

ter PIUS: (guckt aus dem Dachfensterchen) Was seh ich — (Sie tritt wieder vom Fenster zurück) Nu halt man still, ich kann Dir doch nich mehr auf en Arm nehmen un Dir antrekken.

(Alle lachen unten.)

Bvater: Mich is so dämlich im Kopf.

ANDA: Du bist auch schon alt, Vatter. (Mutter Pius kommt.)

ter PIUS: (zu Eduard) Bleiben Se man sitzen, tun Se als wenn Se zu Hause wären.

JARD: (hustet.)

Bvater: Da meld er sich.

JARD: (hustet stärker) Der alte Satansdrachen, was Großvater?

ter PIUS: De alten Doktors kurieren an Sie herum, die Mutter Pius aber wird Herr Eduard auf de Beine bringen, jeden Morgen und Abend en Köppken von de junge Weizensaat müssen Sie trinken. Ich will es Ihren Personal sagen.

JARD: (gütig) Das mag wohl zuträglich sein, Mutter Pius.

Bvater: Un jetzt man, wo wir Vollmond haben, soll es am tauglichsten sein.

ter PIUS: (herrisch und verächtlich) Misch Dir nich in mein Praxis, Großvatter Wallbrecker.

JARD: (besänftigend) Das nehmen alle Mediziner übel, Großvater wir sind doch mal nur Laien.

Bvater: (könnte aufplatzen vor Lachen) Tum Tingelingeling, tum tingelingeling.

L: (frisch, markig, primanerhaft, pathetisch) Ich grüße Dich, Gottesmann, der Du fürlieb nimmst mit unserer Speise und Trank.

JARD: (leuchtend schelmisch) Friede sei Deinem Haus, mein Bruder.

ßvater: (spricht auf Amanda unverständlich ein, Mutter Pius versorgt sich mit Kaffee, streicht Carl Butterbröte.)

JARD: (legt Amanda ein Kuvert auf ihren Schoß) Von meiner Mutter.

ßvater: (neugierig) Laß ens gucken!

ANDA: (sie stößt ihren Vater mit dem Ellbogen unsanft zurück) Nä, Ihre Frau Mutter is engelgut. (Eine dicke Träne fließt über ihre Backe.)

ßvater: (nickt dazu fortwährend Amandas Worte bestätigend.)

Tum Tingelingeling, tum tingelingeling, tum, tum, tum, tum! (Carl und Eduard unterhalten sich leise. Aus der Seitengasse, dem Zimmer im obersten Stock, das Puderbachs bewohnen, dringt Lärm. Ein Haufen Kinder sammelt sich lauschend vor dem Haus an.)

ter PIUS: (spricht lauter) Vielleicht trinkt Herr Eduard auch noch ein Köppken? (Der Lärm läßt nach.)

JARD: (nickt Frau Amanda zu) Er ist außergewöhnlich gut gebraut, ich möchte das Rezept unserer Auguste sagen.

ter PIUS: (katzenfreundlich zu Amanda) Er schmeckt aber auch gut heut, Amanda.

ANDA: Vatter, hol noch wacker was Zucker aus die Blas', (er steht langsam auf) nu eil Dir man ein bischen.

(Lärm dringt wieder stärker aus der Seitengasse, man hört weinen und es ist, als ob Porzellan zerbricht. Arbeiter und Arbeiterinnen gesellen sich neugierig zu den Kindern vor der Gasse.)

ANDA: Geh doch ens rüber, Carl, Du verstehst Dir doch mit dem Scheinheiligen. Bist Dich doch eine Otoridät.

L: (hart) Laß mich zufrieden.

JARD: (verlegen.)

ANDA: Wat redest De rauh! (Der Lärm läßt nach. Großvater Wallbrecker kommt zurück, in seinem roten Taschentuch den Zucker wie in einem Beutelchen tragend.)

ANDA: Bist De toll, Vatter? (Carl und Eduard lachen.)

ter PIUS: Ich sag gar niks mehr.

3vater: Wat soll ich denn? Ich schlabbere ja mit de Löffels (zu Amanda) ich schütt ihn doch so in 'em Reisbrei.

:L: (sich belustigend) Ich bin Zeuge! Großvatter kallt de pure Wahrheit.

\NDA: Glauben Se's nich, Herr Eduard, (auf Großvater zeigend) er träumt immer.

ter PIUS: (großmütig heuchlerisch) Wat sagst De, Wallbrecker, ich nehm mich *doch* en Löffel dovon in mein Köppken?

(Eduard klopft Mutter Pius auf die Schulter.)

3vater: Ich hab mir seit von Tag nicht drin geschnäutzt. (Alle lachen wieder herzlich. Aber furchtbar dringt der Lärm aus dem Hause der Seitengasse.)

\NDA: Entweder geh Du oder ich. (Bittend.)

:L: (Unerbittlich) Wenn er sie ens tüchtig verwichsen tät.

3vater: Du willst en Pastor werden, Carl — — ich hab gleich gesagt, Gesellen mußt De habn.

(Der Großvater erhebt sich.)

ter PIUS: Wegen dat schlumprige Weib drüben lassen wir uns beim Kaffee stören.

(Der Großvater ist im Begriff herüber zu gehen.)

JARD: Bleiben Se sitzen, Großvater, der Carl wird Ruhe schaffen. (Der Großvater läßt sich aber nicht aufhalten.)

ter PIUS: (neidisch auf Großvater weisend) Das tut er mich zum Ärger.

\NDA: Nu lauf man rasch den Großvater nach, Carl!

:L: (ärgerlich) Steh Du doch Deiner Freundin bei! (Carl hält Eduard zurück, der sich schlicht erheben will.)

:L: Er kommt ja gleich wieder heil zurück. (Der Großvater naht Salve Cäsar!) Statt den Lorbeer das Käppken auf den Kopf und Lieskens Present in de Schnute. (Alle lachen, auch hört man keinen Lärm mehr.)

3vater: Ich hab all wieder gestillt, Kinderkes. Bleiben Se man sitzen, Herr Eduard. (Er bemerkt gar nicht, daß Eduard auf seinem Stuhl sitzt.)

ANDA: (geschwätzig) Was bloß aus dem Liesken werden soll? —

IARD: Lassen Sie mich erst über den Berg sein.

ter PIUS: (listig) Da lassen Se man de Finger von.

IL: Der Apfel fällt nicht weit vom Stamme.

ter PIUS: (cynisch, halb zu sich zum eignen Amüsement) Herr Eduard ist doch kein Feinschmecker!

IARD: Meine Schwester soll sich des Kindes annehmen.

ANDA: (devot) Ihr Fräulein Prinzessin Schwester?

IARD: (nickt stolz) Ist sie nicht eine Prinzessin, Carl?

IL: (errötet, ist benommen.)

ter PIUS: Dem Weib bin ich zu gut, ganz genau de Mama aus dem Gesicht geschnitten.

3vater: (bestätigend) Tum Tingelingeling, Tum Tingelingeling, tum, tum, tum.

(Wieder gehen Männer vorbei. Es sind die Helfershelfer, die Lange Anna zu Hilfe kamen am ersten Abend.)

3vater: Nehmt man de Bein auf en Nacken.

Herumtreiber: (höhnisch) Na, wie schmeckt es euch denn?

3vater: Carl, hast De das gehört?

ter PIUS: (zu Carl ängstlich, er könnte sie hauen) Ärgre Dir man nich darüber, Carl, das sind die nich wert.

IL: (benommen) Ich hab gar niks gehört.

3vater: Daß se mich nich en gemütlichen Abend gönnen, Herr Eduard. Fünfundzwanzig Jahr hab ich mit dem Liesken sein Großvater am Webstuhl gesessen, (weinerlich) und doch war das Leichentuch zu klein für uns beide.

IL: Mutter gieb mir meine Kappe!

IARD: (gütig, schelmisch zum Großvater) Wir werden noch oft zusammen ein Piepken schmöken, Großvatter. (Alle lachen, nur der Großvater nickt ernsthaft.)

3vater: Jetzt leb ich von de Gnade meiner Tochter un die (er zeigt auf Mutter Pius.)

ter PIUS: Ich bin doch gewiß nobel für Dich!

ANDA: Daß er das viele Tabakschmöken nicht lassen kann.

L: Für de Arbeit sind de Frauleut da! (Frau Amanda greift Carls Kappe durchs Fenster und setzt sie ihm auf.)

ter PIUS: (lacht) Du frecher Bullenbeißer!

3vater: (zu Carl) Du bist noch jung, ich aber bin en altes, kränklich Roß. (Er hüstelt und spricht für sich.) Hab das Wiehern eigentlich schon vergessen. (Er will aufstehen und ausspeien.)

ANDA: (zum Großvater) Versteck Dir rasch, siehst Die nich? (Der Großvater beugt sich schnell hinter den Strauch neben dem Haus.)

(Der Kaplan kommt vom Spaziergang in den Wald über die Wiese links; er hat einen *schwankenden* Gang. Er bemerkt die Gesellschaft vor dem Häuschen nicht.)

JARD: Warum soll sich der Großvater vor dem sanften Kaplan verstecken?

ter PIUS: (weist auf ihn) Wien'n kleines Prozessionsboot über'n evangelisch Meer.

JARD: Er ist sehr unglücklich, Deiner Abtrünnigkeit wegen, Carl.

L: (sarkastisch) So viel Kummer hat sich noch keiner um meine Seele gemacht.

JARD: Was sagen *Sie* dazu, Mutter Pius?

ter PIUS: Daß Se lieber wieder nach unseren Luther hören sollen, was wollen Se allein herumschiffen?

JARD: (zu Carl) Die Mütter!!

ANDA: Aufstehen, Vatter, wir müssen auf die Wies'.

3vater: (seufzend zu Eduard) De Wäsch legen.

            (Eduard erhebt sich auch.)

ter PIUS: (zu Eduard) Bleiben Se doch noch en bischen bei de Mutter Pius, Herr Eduard.

JARD: Morgen gehts Examen los, ich muß noch mathematische Zahlen rechnen.

ter PIUS: Was nich de Schulmeister all wollen, zu meiner Zeit war es noch nicht halb so schlimm.

L: (sarkastisch) Deshalb bist De auch kein Pastor geworden!
ARD: (Großvater und Amanda, die zögernd warten, die Hand reichend. Die beiden gehen ins Häuschen.) Wir sind alle Pflugtiere. Kommst Du mit mir, Carl.
L: (nickt.)
ter PIUS: Mit de Schluffen an de Bein, Jung?
L: (kleinlaut) Ich wär wahrhaftig in Gedanken so gelaufen. (Zu Eduard) Ich hab die Stiefel beim Schuster.
ter PIUS: (zu Eduard, wie zu einem kleinen Jungen) De Mama werd schon bang sein — dafür kenn ich ihr. (Mutter Pius reicht Eduard ermahnend die Hand, Carl begleitet ihn bis zur Ecke. Eduard winkt noch einmal Mutter Pius zu.)
ter PIUS: (ruft durchs Fenster) Gib mir meine Valentiaspitzen und Poingtskrägen. Se liegen in de Fase auf en Schrank, daß de Mietze nich damit spielt.
3vater: (Reicht die Spitzen heraus und zeigt in die Ferne, wo am Rand des Waldes die drei Herumtreiber: Pendelfrederech, Lange Anna und der gläserne Amadeus um eine Laterne gehen, deren Licht noch nicht ganz erblichen ist.)
3vater: (dämlich) Da gehen die drei Erzengel in de Ferne un blasen aus de Laterne.
ter PIUS: Du fängst auch wohl an zu reimen, wie de Carl?
(Carl kommt zurück.)
ter PIUS: (zu Carl) Lang macht der auch nicht mehr mit.
3vater: (nickt beständig zustimmend) Tum, tum, tum, tum.
L: Ich würd dem schon ein Stück von meiner gesunden Brust gebn.
ter PIUS: (Pause) Sag ens, Carl, wen hast De lieber, mir oder ihm? (In der Richtung blickend, die Eduard eingeschlagen hat.)
L: (lacht) Du träumst wohl, Großmutter, ich bin noch der Carl in Deinem Schoß.
ter PIUS: Mir überkömmt es man so.
L: Dich?
3vater: Tum tingelingeling!!

ter PIUS: Meinst wohl, de Großmutter war nie wehmutsvoll gewesen?

L: Na, was is denn los?

ter PIUS: (sitzt eine Weile schweigend, den Kopf herabgesunken auf die Brust; die drei Männer verschwinden in der Ferne im Wald.)

ANDA: (ruft) Wo bist Du denn, Vatter?

Bvater: Ich muß noch bei de Mutter Pius bleiben, sie hat Heiratsgedanken.

ter PIUS: (auffahrend) Du alter Sünder.

Bvater: Wenn ich en Sünder bin, da hätten wir uns heiraten sollen.

ter PIUS: Dir! Du schlapper Bock!

L: Haltet Eure Mäuler, ich muß arbeiten.

Bvater: (Holt einen Ausklopfer) Wart man, ich schaff Dich Ruh! (Amanda zieht ihren Vater vom Fenster fort. Man hört ihn noch aus dem Hause reden, wichtig): Im Examen muß er steigen!

(Carl nimmt Heft und Buch, Tintenfäßchen, Halter aus seiner Tasche und beginnt zu blättern; Mutter Pius glättet geschickt die Spitzen und schweigt grübelnd.)

L: (etwas neckisch) Ich glaub en's, der Großvater hat recht gesprochen.

ter PIUS: Ich altes Weib?

L: (sie neckend) Mit Dein jung Herz!

ter PIUS: (sich aufraffend) Temperatur hab'n alle Pius im Leib gehabt un Du auch, Carl, siehst De, un de Großmutter weiß das. (Sie holt sorgfältig Martas Bild aus ihrer Ledertasche und hält es Carl hin.)

L: (fragend verblüfft).

ter PIUS: Deine Flamme!

L: (tiefrot, zittert, reißt das Bild an sich.)

ter PIUS: Du Spitzbub, gib man rasch wieder.

(Carl steckt es in seine Brieftasche. Kleine Pause.)

ter PIUS: Sie guckt sich nach Dich die Augen aus. (Kleine

Pause.)

:L: Wer sagt das?

ter PIUS: Ich!

:L: Das is gelogen.

ter PIUS: All de Leut sagen es in de Nachbarschaft.

:L: Weibergeklatsch. (Kleine Pause. Flehentlich erregt) Wer hat Dir das gegeben, Großmutter?

ter PIUS: Weißt De nich genug, daß Du es auf Deine Haut trägst, Carl?

:L: (plötzlich glücklich) Großmutter! (Er küßt sie auf den Mund) Du bist eine Teufelin!!!

ter PIUS: Kriegt de Mutter Pius ens Schimpfe für die Gabe. (Kleine Pause.) Du heulst ja!

:L: (unterdrückt die Erregung) Ich glaub es Dir bald!

ter PIUS: Wat zitterst Du denn?

:L: Ich hab Angst, ich fall im Examen durch. (Plötzlich hart) Ihr Weiber stört mich! (Kleine Pause.)

ter PIUS: Carl, ich muß Dich was recht Intimes sagen. Keiner darf es hören.

:L: Laß mich zufrieden.

ter PIUS: Sprech mit Deine Schwiegermutter.

:L: Was?

ter PIUS: Wenn Dus Examen bestanden hast.

:L: (grübelnd).

ter PIUS: Sie weist Dir nicht ab, glaub es Mutter Pius. (Kleine Pause,) Du guckst mir an, als wenn ich Dir zum Narren halt.

:L: (gespannt).

ter PIUS: So en wackerer Mann wie Du bist, Carl — un de feine Herrschaften stärken gern man das Treibhausblut mit den natürlichen seines.

:L: (immer gespannt).

ter PIUS: Liest De dann nich in de Zeitung öfters, daß de Gräfinnen sich mit die Lakais einlassen?

:L: (naiv) Hinter den Rücken der Mütter?

ter PIUS: Die Olschen wissen immer davon. (Listig): Mamma Sonntag weiß auch von das viele Leckers un de Cigarretten, was de Marta Dich in de Manteltaschen stopft?

L: (trotzig) Wer sagt Dir, daß sie es herein stopft?

ter PIUS: Das riech ich im Dampf, Carl. Nä, wie ein kleines Gockel bist de noch! (Von der Seite kommen August Puderbach und andere Färber (mit bunten Händen) durcheinander redend, von der Fabrik zurück; sie bleiben vor Pius' Häuschen stehen.)

GUST: Se streiken wieder.

ter PIUS: (ärgerlich) Und Du?

ARBEITER: (durcheinanderredend) Aufhängen soll man die Krakäler.

L: Das sag ich auch.

GUST: Sind wir ens einmal eine Ansicht.

(Amanda kommt zurück, rechts vom Hause her; sie hat die letzten Worte gehört.)

ANDA: Gut bist De dem Carl ens doch, August. Den Scheitel trägst De ja am Sonntag wie er an der Seit'.

ER DER ARBEITER: Was hab'n wir von der Streikerei?

GUST: Drei un ein halben Taler weniger im Monat. Mich war de Arbeitszeit nich zu lang.

ter PIUS: Das muß man Dich lassen, ein fleißiger Jung bist De, — aber was tust De auch zu Haus bei Dein mukkerigen Vater?

GUST: (zu Carl) De Pastoren, die streiken nich, was, Carl? — Vielleicht sattle ich noch um.

L: Halts Maul!

ANDERER ARBEITER: Was sollen wir machen, Mutter Pius, wir dürfen uns so nich zu Haus sehen lassen.

ter PIUS: Kümmert Euch doch nicht um Eure Brüders.

ER DER ARBEITER: Was sollen wir machen gegen so viel Sozialdemokraten? Wir sind ja all Sozialdemokraten, aber darum brauchen wir doch keine Dummheiten machen.

ter PIUS: Nä, wahrhaftig nich.

SELBE ARBEITER: Wat rätst De uns Mutter Pius?

ANDA: Geht man wieder zurück zu Euren Herrn und klatscht ihm die Vorgänge.

ANDERER ARBEITER: Nä, verraten tun wir de Brüder nich.

L: (herablassend brutal) Schlagt Euern Herrn tot, wie s'es in Rußland machen.

SELBE ARBEITER: Un dann?

ter PIUS: (lachend) Dann wirst Du der Besitzer, August.

ANDERER ARBEITER: Lieber bleiben wir en Arbeiter, als en Herrn werden über se Alle.

ter PIUS: Ich würd schon mit ihm tauschen. Alte Schafsköppe, wo man Euch hintreibt, freßt Ihr!

ER DER ARBEITER: Recht hat Se man.

ANDERER ARBEITER: Mein Jung soll lieber in unser eigenen Schweiß (er zeigt auf die Wupper) versaufen, als en Färber werden.

ER DER ARBEITER: Kannst Du uns was borgen, Mutter Pius?

ANDERER ARBEITER: Guck ens in Dein Beutel nach ....

ter PIUS: Ich hab von Tag nich en Kastemänneken über. De Carl muß doch auf de Universität ne ganze Bux am Hintersten hab'n.

(Lieschen läuft, vom Brotaustragen zurückgekehrt, zu August — er und die Arbeiter gehen weiter sich zu beraten etc. Der Großvater Wallbrecker kommt keuchend über die Wiese; er ruht sich vor der Brücke aus. Er trägt einen Wäschesack auf dem Rücken. Von der Gasse hört man Getrampel und Fluchen, eine Schar Arbeiter kommt auf Pius' Häuschen zu.)

ter PIUS: (Nimmt mit einem Griff Carls Bücher und ihre Spitzen) Komm wacker herein, Carl, ich muß mir neutral halten un wenn Bebel selber mir um Rat fragen tät. — (Der Großvater sieht Lieschen, das noch vor dem Haus von Pius steht.)

ßvater: Lieschen!

ßCHEN: (Mit raffiniertem Einverständnis zu Mutter Pius) Soll ich heut wieder helfen, Mutter Pius? (Mutter Pius ist aber schon im Haus und hat Lieschens Frage nicht gehört. Die Arbeiter verziehen sich, Lieschen geht der Gasse zu.)

ßvater: (Ruft; aber Lieschen will scheint's nicht hören; er pfeift den Pfiff, der Lieschen ein Signal geworden ist. Nun steht der Großvater vor dem Häuschen.)

ßvater: Nä, wie sich das Blag verändert hat! Amanda, mein Puckel stürzt ein! (Er geht ins Haus.)

FÜNFTER AKT

Eine Art Gartenzimmer in der Villa der Familie Sonntag. Rechts führt die Tür zum Flur, von der man die Haustür deutlich sehen kann. Links ein breites Fenster, das den Garten spiegelt. Viele Schlingpflanzen und andere Blumen schmücken das Zimmer. Nahe dem Fenster steht ein lila Ledersofa, worauf Frau Sonntag und Eduard sitzen. Frau Sonntag hält zerstreut ein offenes Buch auf der Rückseite im Schoß. Marta ist im Begriff, den Flor von Heinrichs Bild abzunehmen. Die Familienmitglieder sind in Schwarz gekleidet, auch die Dienstboten.

Frau Sonntag, Eduard, Marta, Carl Pius, Dr. von Simon, Auguste, Berta.

RTA: Immer wieder hängt ihn Auguste um das Bild.
ONNTAG: Warum nimmst Du ihn ab?
RTA: Eduard will es ja.
JARD: (liebevoll) Ich möchte, liebe Mutter, daß man ihm Lebendigeres brächte.
RTA: (zu Eduard) Wie gefällt Dir dieses junge Grün?
JARD: (Nickt dankbar).
SONNTAG (melancholisch) Ich traure, daß er gelebt hat. (Marta schmückt das Bild, setzt sich dann ans Fenster und stickt auf einem Rahmen in Seide Kamillen. Ihre Bewegungen sind unruhig, wartend.)
JARD: Daß Du nur einen Augenblick an seiner Ehrenhaftigkeit zweifeln kannst!
RTA: Dr. v. Simon sagt aber auch, ein Unschuldiger gehe nicht dem Leben durch.
JARD: Der Inspektor hat sich kein Urteil über unsern Bruder zu erlauben, vor allen Dingen aber vor seines Herrn Schwester nicht.
ONNTAG: (Winkt Marta zu schweigen. Kleine Pause.)

JARD: Soldat war er, wie soll der anders in diesem unaufklärbaren Falle handeln!

SONNTAG: Ich glaubte, diese Zeit hätte er längst vergessen.

JARD: Aber Mutter, der Soldat lag ihm im Blut wie in Achill der Sieg.

SONNTAG: Wie Du ihn zu verherrlichen suchst, Eduard.

RTA: Schneidig standen ihm die Schnüren und der Galahelm.

JARD: (Marta in die Rede fallend) Er hätte Soldat bleiben sollen, Mutter, auch nach Papas Tod.

SONNTAG: Du sagst das so vorwurfsvoll, sollte ich mich vielleicht ins Bureau der Fabrik setzen?

JARD: Mutter, Du bist nervös.

SONNTAG: Er hat damals Papa versprechen müssen, die Leitung zu übernehmen.

JARD: Ich hätte ihm das Versprechen nicht gegeben, wenn ich Heinrich gewesen wäre.

SONNTAG: Du? (erstaunt) Daß ich meine Kinder so wenig kenne .... Es hätte sich schon ein Stellvertreter in der Verwandtschaft gefunden.

RTA: Wenn Ihr Euch jetzt immer so ernst unterhaltet — es ist schon trist genug bei uns im Haus.

SONNTAG: (melancholisch) Ich bin auch keine Gesellschaft für Dich.

JARD: Bald habt Ihr mich los.

SONNTAG: (Frau Sonntag und Marta sprechen fast zusammen) Ich hoffte, Du würdest nun bleiben, Eduard?

RTA: Bringst Du auch mal einen Mönch mit nach Hause?

(Mutter und Sohn lächeln.)

JARD: Wie denkst Du Dir das?

RTA: Ich möchte mal so jemand ganz Frommes kennen lernen.

SONNTAG: (wehmütig mokant) Du bist ihr nicht fromm genug.

JARD: Kinder und Narren — (kleine Pause).

RTA: Mama, kann man eigentlich *rosa* auf dem Standesamt tragen?

SONNTAG: (unterbricht Marta erschrocken) Daß Du es übers Herz bringen kannst, Eduard.

JARD: Wenn Du Gott liebtest, Mutter, würdest Du nicht versuchen, mich wankend zu machen.

ONNTAG: Ich liebe Gott nicht.

JARD: Weil Du ihn mit menschlichen Empfindungen suchst.

ONNTAG: (melancholisch) Ich habe keine andern.

JARD: (legt den Arm um sie.) Un doch leidest Du unmenschlich, Mütterchen. (Kleine Pause.) Ich möchte Dir, so lange ich noch bei Dir bin, Vater und Heinrich ersetzen. — Warum lächelst Du so fremd?

ONNTAG: Das wirst Du nie, Kind.

JARD: Wenn ich mir nun alle Mühe geben werde?

ONNTAG: Du *könntest* es, Gott sei Dank, nicht.

RTA: Ich habe einmal zwei Mönche im Kölner Dom gesehen. Ihre Köpfe waren geschoren, wie bei Verbrechern und barfuß gingen sie später durch den Schnee.

TER: (seufzend) Du hältst es nicht ein Jahr im Franziskanerorden aus, Eduard.

GUSTE: (öffnet behutsam die Tür des Zimmers) Herr Pius ist da un will die Frau ganz allein sprechen.

ONNTAG: (zu Eduard) Er meint Dich gewiß, Eduard.

GUSTE: Nä, er sagt ganz ausdrücklich, *die* Frau.

SONNTAG: (erhebt sich achselzuckend. Auguste flüstert Marta leise ins Ohr.)

GUSTE: Ihr Bräutigam is auch wieder da.

(Marta blickt forschend auf Eduard, der aber nichts gehört hat und geht leise trällernd aus dem Zimmer. Auguste deckt Eduard mit der Gebärde der Frau Sonntag eine Decke über die Füße.)

JARD: Bei der Wärme, Auguste?

GUSTE: Wenn es Herr Eduard hab'n will, leist ich ihm en bißchen Gesellschaft.

70

JARD: (nickt gütig).

GUSTE: Ich hör für mein Leben gern von Herrn Jesus erzählen.

JARD: (nickt. Auguste nimmt Platz und zieht ihren breiten, blauen Strickstrumpf aus der Tasche.)

GUSTE: Sie müssen nich immer auf den Heinrich gucken, er kriegt kein Frieden.

JARD: Und eigentlich war ich doch an der Reihe.

GUSTE: Das helft Alles nicks, passen Se auf, Herr Eduard. (Freudig verheißend) nach de Trauer folgt de Hochzeit.

JARD: (blickt sie fragend an).

GUSTE: Euch mein ich doch verdeck nich oder der liebe Herrgott müßt sich auch eine Tochter machen.

JARD: (lächelt).

GUSTE: De Marta mein ich.

TA: (tritt mürrisch ins Zimmer, sie bringt auf einem Tablett eine Kanne Milch und ein Glas. Zu Auguste). Ihnen alles nachzutragen habe ich auch keine Lust mehr. (Sie verläßt das Zimmer.)

GUSTE: Das dumme Blag tut ens so zimperlich wie'n Fräulein.

JARD: Sie sieht seit einigen Tagen sehr unzufrieden aus.

GUSTE: Gekündigt hat se Mamma Sonntag, sie geht nach Schlamerika.

JARD: So?

GUSTE: Ich glaub, de Mutter Pius hat ihr das aus de Karten prophezeit.

JARD: Mutter Pius hält Euch nur zum Besten — sie ist doch eine kluge Frau, dünkt mich?

GUSTE: Sie gucken ja immer in den Himmel rein.

JARD: Nein, ist sie keine kluge Frau?

GUSTE: Wie man's beguckt; aus ihrer Schlauigkeit krauchen die Narrheiten.

JARD: Das ist mir ganz neu.

GUSTE: (Kleine Pause.) Ich könnt Euch alles beichten, Herr

Eduard. (Sie hebt eine Masche auf, die während ihres Sprechens gefallen ist.)

JARD: Tun Sie das, Auguste!

GUSTE: Ich habe Mamma Sonntag vorige Woche was vorgelogen.

JARD: (ein Lächeln unterdrückend) Was denn, Auguste?

GUSTE: Ich hab mich gar nicht verschlafen, im Leichenhaus war ich. Ich wollt dem lieben Herrn Heinrich addjüß sagen.

JARD: Das hätte Ihnen meine Mutter ja nicht verwehrt, Auguste. (Eine Schar Jungens mit Waldbeeren in Kannen klingeln an der Haustür und klopfen und surren.)

GUSTE: (schließt die Tür) Und was denken Sie, wem seh ich da — de alte Pius! De Augen standen scheel wie beim Geripp un gedreht hat se sich (spricht immer tiefer) um de Leichen immer rund um ohne aufzuhören, un gesungen hat se dabei (sie singt ganz tief, fast im Baß) O Du lieber Augustin Alles is hin, hin, hin.

JARD: Was erzählen Sie da, Auguste?

GUSTE: Regen Se sich deshalb nich auf. Carl sein Großvater der hat vor langer Zeit zu mich gesagt, de Mutter Pius wär das Karussell, wo wir All drin sitzen.

SONNTAG: (Sie kommt entstellt ins Zimmer, sie sieht ganz gelb im Gesicht aus. Die Jungens sieht man beim Hereintreten sich vor der Haustür drängen. Der größte hält ein Öllämpchen in der Hand.)

GUSTE: De Jungens machen mir ganz nervös.
(Ahmt Frau Sonntag nach, erhebt sich gemächlich vom Stuhl und geht behutsam aus dem Zimmer.)

JUNGENS: Gitzhals! Gitzhals!

SONNTAG: Du weißt es wohl schon? (Eduard ist noch immer erregt von Augustens Erzählung.)

JARD: (Nickt fragend Nein) Du schüttelst Dich, als ob Du über ein gedüngertes Land gegangen bist.

ONNTAG: Du weißt es wirklich nicht, Eduard?

JARD: Setz Dich zu mir, armes, armes Mütterchen. (Pause.)

ONNTAG: Pius war doch hier.

IARD: Ach ja, was wollte er?

ONNTAG: (tonlos) Marta. (Kleine Pause.)

IARD: Ich hätte mich mehr erschrocken, wenn es der Inspektor gewesen wäre.

ONNTAG: (verlegen) Du hättest ihn sehen müssen den schüchternen Jungen — impertinent wurde er, sage ich Dir, Eduard. Er trinkt überdies.

IARD: (Kleine Pause.) Ich bildete mir ein, er hätte uns so oft meinetwegen besucht. (Kleine Pause.) Ich bin Egoist geworden während meiner Krankheit.

ONNTAG: Aber Eduard, er konnte sich doch glücklich schätzen, Dich besuchen zu dürfen.

IARD: Wie trivial faßt Du unsere Freundschaft auf, Mutter. (Die Jungen werden so laut, daß man sie im geschlossenen Zimmer hört.)

ONNTAG: (sehr verlegen) Auguste soll die Kinder draußen fortschicken. (Sie klingelt.)

IARD: Eine junge, eherne Apostelgestalt ist Carl Pius in Versuchung.

ONNTAG: Du bist ein Fanatiker.

IARD: Und doch lehrt Krankheit weise Melodien. (Kleine Pause.) Was sagtest Du ihm?

ONNTAG: Ich erinnerte ihn zuerst an seine Jugend.

IARD: Und?

ONNTAG: (sich erdenkend) Daß Marta dann schon ein altes Mädchen sein würde — aber als er impertinent wurde — wies ich ihm die Tür.

IARD: (Senkt den Kopf.)

GUSTE: (Tritt behutsam ins Zimmer, ihre roten Backen glänzen, sie läßt die Zimmertür halb offen stehen.) Wie zwei Turteltauben die beiden im Garten .... (Frau Sonntag verlegen.)

IARD: Das wäre allerdings eine Impertinenz ....

(Die Jungens betteln unaufhörlich.)

GUSTE: Wir wollen de Jungens en Liter Waldbeeren abkaufen, dann hab'n se Ruh. (Sie nimmt aus Frau Sonntags Portemonnaie im Schlüsselkorb, ohne Antwort abzuwarten, Geld. Marta und der Inspektor werden sichtbar im Garten. Eduard wendet den Kopf zum Fenster hin. Frau Sonntag rafft sich auf.)

SONNTAG: (gepreßt) Sie sollten es Dir selbst sagen, Eduard.

EDUARD: (Kleine Pause.) Schamloser konntest Du Deinen Sohn Heinrich nicht verraten. (Kleine Pause.) Mein armer Bruder, ein flüchtender Soldat, ging er verzweifelt in den Tod .....

SONNTAG: Damit gibst Du ja seine Schuld zu.

EDUARD: Es steht Dir nicht, Mutter, mich meuchlings überführen zu wollen.

SONNTAG: Ich verstehe nicht, was Du eigentlich gegen Dr. v. Simon hast.

EDUARD: Dasselbe, was Du gegen ihn hast, Mutter, darum wagtest Du auch nicht, mir von der Katastrophe *selbst* Mitteilung zu machen.

SONNTAG: (etwas finster) Ich fürchte mich vor meinen Kindern nicht, selbst vor Dir nicht, Eduard.

EDUARD: (Kleine Pause.) Erinnere Dich doch, welchen Verdacht Du gestern noch gegen ihn aussprachst.

SONNTAG: (hochmütig) Ich hab ihn mir eigentlich erst heute morgen angesehen.

EDUARD: (spöttisch) Schwärmst etwa *auch nun* für seine schmachtenden Wimpern?

SONNTAG: (aufweinend) Ich fühle, Eduard, ich war zu selbstlos zu Dir.

EDUARD: Mutter, teure Mutter, aus welchem Grunde willst Du Martas Mädchenseele preisgeben?

SONNTAG: Daß Heinrich in der letzten Zeit auf ihn erbost war, hat tiefere Gründe.

EDUARD: Aber wir haben doch Augen und Ohren, Mutter.

SONNTAG: (gezwungen) Ich wünschte sogar, wir hätten Herrn Dr. v. Simon veranlaßt, zeitiger in unserem Hause zu verkehren.

EARD: Du weichst noch immer meiner Frage aus, Mutter?

SONNTAG: Um Dir Einblick in die geschäftlichen Dinge zu geben, warst Du damals zu jung, Eduard.

EARD: Wir lebten doch luxuriöser als heute, Papa gab eine Festlichkeit nach der andern.

SONNTAG: Das war es ja eben. Heinrich hat oft genug sein Schweineglück, wie er sich ausdrückte, gepriesen, einen Mann wie Dr. v. Simon gefunden zu haben. (Kleine Pause.) Wir können uns glücklich schätzen, daß er Marta nimmt.

EARD: Der Mann bringt wahrhaftig kein Opfer.

(Auguste öffnet zögernd die Zimmertür, sie hält einen großen Rosenstrauß in der Hand, zwischen den Blättern liegt eine Karte. Sie versucht sich mit Frau Sonntag schweigend zu verständigen.)

SONNTAG: Nicht wahr, Auguste, Herr Dr. v. Simon ist doch der richtige Mann für das Fräulein? (Auguste schlägt erstaunt die Augen auf und dann mit zufriedenem Lächeln.)

GUSTE: Von das Fräulein Oberbürgermeister ....

(Sie stellt den Strauß zärtlich in eine Vase.)

EARD: (spöttisch) Du fragst doch sonst Deine Dienstboten nicht.

SONNTAG: Sie können gehen.

GUSTE: (greift in die Schürzentasche) Un das soll ich die Madame von dem längsten Bengel draußen geben un er wünscht ein langes Leben.

SONNTAG: (Nimmt das Couvert gedankenlos hin, spielt damit, legt es dann schließlich auf den Tisch.)

GUSTE: (zu Eduard) Ich glaub, dem Liesken sein Bruder war's, der Kerl mit der langen Nas und de grüngemalten Hände. Seine Bux hat er aufgekrempelt bis über de Knie. (Auguste bleibt bei der halbgeöffneten Zimmertür unbemerkt stehen.)

EARD: (nimmt das Gespräch wieder auf) Das ist alles noch kein Grund, seine Tochter zu verkaufen.

ONNTAG: Soll Marta vielleicht Ladenmädchen werden?

JARD: (primanerhaft) Lieber als im buhlerischen Bett liegen.

SONNTAG: Du übertreibst, Eduard, ich bitte Dich, schlafe eine Nacht darüber.

JARD: (mit biblischer Wucht) Ich sage Dir, Weib, beflecke unser Haus nicht.

(Mutter bricht weinend zusammen.)

ONNTAG: (leise) Du bist impertinent wie Carl Pius.

GUSTE: (behutsam durch die Tür wieder eintretend, glotzäugig, gutmütig, lügend) Überall schellt es —

JARD: Die kommt Dir immer wie gerufen.

GUSTE: Ich kann de Mama Sonntag nicht heulen sehen. (Tritt gutherzig näher zu ihr hin.) Ma'mm Sonntag ....

JARD: (kämpft mit sich. Marta kommt temperamentvoll ins Zimmer, v. Simon verharrt unsicher, als er Eduard erblickt, vor der halboffenen Zimmertür.)

SONNTAG: Marta, laß uns noch einen Augenblick allein. (Marta gehorcht schmollend, im nächsten Augenblick ihren Bräutigam graziös anlächelnd, verschwindet sie mit ihm wieder.)

JARD: (zärtlich aber fest) Hast Du mir noch etwas zu sagen?

GUSTE: (zu Frau Sonntag) Gucken Sie ihm an, Ma'mm Sonntag, er hat en Heiligenschein um de Locken.

ONNTAG: (nickt unendlich traurig.)

GUSTE: Er paßt gar nicht in de sündige Welt.

ONNTAG: (ernst zustimmend.)

GUSTE: (zeigt auf die Haustür) Da steht verdeck noch der große Lümmel von Puderbachs vor de Haustür un lauert.

JARD: Ist das Lieschen bei ihm?

ONNTAG: Aber Eduard ......

GUSTE: Lassen Se das arme Blag man lieber links liegen, sonst kommen Se auch wie de Heinrich im falsches Verdacht.

JARD: (erschöpft, er hustet stärker).

GUSTE: (harmlos) Er hat mir selber öfters gefragt, ob Herr

76

Eduard das Lieschen poussierte.

JARD: (entgeistert, kleine Pause) Mutter, hast Du das gewußt?

ONNTAG: (mitleidsvoll) Ich kenne Dich doch, Eduard. —

JARD: (schreitet fremd und einsam aus dem Zimmer wie *über einen Berg herüber*. Frau Sonntag sieht ihm melancholisch nach; nimmt das Couvert zerstreut vom Tisch und tritt ans Fenster, vor das die Verlobten treten; Marta blickt erstaunt den Zaun des Gartens entlang.)

RTA: Denk mal, Mama — (Frau S. hört kaum hin) eben ging Berta aus dem Haus am Zaun vorbei in *meinem* Jackett und Hut und *ihre* Sachen hängen an meinem Haken am Ständer.

IMON: Darf ich der verehrten Mama die Hand küssen? (Berührt die ihm zaudernd dargereichte Hand.)

ONNTAG: (verlegen) Ich kann mich noch garnicht an den Gedanken gewöhnen.

GUSTE: (wartet am äußeren Ende des Zimmers. Die Situation ist ihr unbegreiflich. Sie geht heraus.)

RTA: (schmollt. Sie nimmt eine Kamille aus ihrem Gürtel und befestigt sie über dem Herzen v. Simons.)

MON: Du wirst mich ausputzen wie einen Geck, Kätzchen.

ONNTAG: (öffnet apathisch das Couvert, sie nimmt Martas nackte Photographie hervor — erschrickt heftig — begreift nicht, betrachtet sie von allen Seiten. Sie ruft Marta ans Fenster zu sich und hält ihr die Kehrseite des Bildes vor Augen.)

ONNTAG: Marta, kennst Du die Handschrift?

RTA: (übermütig) Das ist Pius seine dicke Tatze.

GUSTE: (kommt geheimnisvoll ins Zimmer) Herr Eduard sitzt in seine Stub und beguckt sich im Spiegel.

RTA: Den hat er doch beklebt, daß er nicht eitel werde. (Frau Sonntag schließt das Bild in ihren Sekretär ein.)

MON: (leise zu Marta) Für Dich wird es auch die höchste Zeit, hier herauszukommen, Kätzchen.

ONNTAG: (apathisch, dann aufleuchtend zu sich redend,

aber den Kopf zu den Beiden zum Fenster hin gewandt) Ich werde ihm eine Herzensfreude machen.

RTA: (etwas schnippisch) Du willst wohl mit ihm ins Kloster gehen, Mama? (Auguste geht mit der Gebärde, die ausdrückt um Himmelswillen nicht, fürsorglich hinter Frau Sonntag aus der Türe. Die Verlobten verschwinden im Garten.)

II. SCENE.

(Im selben Arbeiterviertel wie im ersten Aufzug.)

Pendelfrederech, Lange Anna, Amadeus, Eduard, Carl, August Puderbach, Großvater Wallbrecker.

ADEUS: Klopfen Se man tüchtig, de alte Pius schläft doch nich in de Nacht, die hat mit em Satan zu konferieren.

ʒe ANNA: Un oben beim Wallbrecker sin de Fensterlöcher verstopft.

DELFREDERECH: (stößt Eduard stier an) Ich hab 'ne trockene Kehl', Herr.

ʒe ANNA: Du toter Maulwurf, was weißt Du von em Durscht!

DELFREDERECH: (zu Eduard) Wir sin ja beide auf de Himmelfahrtreis. (Er murmelt grausig. Eduard gibt ihm ein Geldstück.)

ʒe ANNA: (betrachtet es höhnisch) Davon brauchst De mich nicks mitgeben, Frederech!

DELFREDERECH: Altes Ferkel!

ADEUS: Wenn Sie de Carl sprechen wollen, Herr, der is im Wirtshaus un säuft 'en Fusel nach dem andern (Eduard bewegt) un de Aujust sitzt bei ihm un frißt Zucker aus seine Tasch und säuft mit ihm in Kömpanni.

IARD: (bewegt sich in der Richtung zum Wirtshaus.)

ADEUS: (instinktiv) Ich will ihm herausholen, bleiben Sie man lieber hier.

DELFREDERECH: Hausknecht!

JARD: (hält Amadeus zurück).

ze ANNA: (kreischt plötzlich auf, ähnlich wie am Abend, als Carl Pius seinen Arm verrenkte).

ADEUS: Was is Dich, Lange Anna?

ze ANNA: (Wimmert wie ein Weib).

DELFREDERECH: (murmelt böse).

ADEUS: Wie 'n Schellenzug von de Großmutter bammelt Dein Ärmel am Leib herunter.

ze ANNA: (quietscht leise Frederech ins Ohr).

DELFREDERECH: Altes Ferkel!

ADEUS: (zur langen Anna) Du hast es auch ein bißchen zu weit getrieben.

ze ANNA: Ich?

ADEUS: Ja, das hast De; seit de Zeit hockt er im Fusel drin.

ze ANNA: Hihihihi!

ADEUS: Dat tut mich leid, leid tut mich das, er säuft ja sonst nicks. (Lieschens Vater kommt nach Hause, durch die kleine Seitengasse vom inneren Viertel her, man sieht ihn also nicht, hört nur, wie er mit der Faust krachend die Haustür aufstößt.)

ADEUS: Ich merk das Poltern da. (Faßt auf sein Herz.)

DELFREDERECH: (murmelt böse) Aus de Bibelstunde kömmt er.

ze ANNA: (stößt Eduard an die Schulter und quietscht höhnisch auf) Das war der Vater von es ....

DELFREDERECH: (murmelt grausig).

ADEUS: Geheult hat es, als es in die Zwangserziehungsanstalt geholt wurd wie en Madame ihr Schoßpudel auf dem Weg zum Schlachthaus.

JARD: (bewegt).

ze ANNA: Da werden se es man tüchtig durchbleuen für seine Liebhabereien. (Kleine Pause.) Mich hätt' Ihr Bruder lieber nehmen sollen.

DELFREDERECH: Dir altes Ferkel? (Eduard bewegt.) Die

79

Kleine versteht es feiner wie Du. Im Nachthemd spaziert es grad unterm Mond über die Dächer. Ich lag selber auf de Lauer und schnappte nach dem Glühwürmken.

ADEUS: (zu Eduard, wehmütig) Einmal hab ich es ja auch gesehen.

ɜe ANNA: Auf mir hat es in de Herrgottsfrüh nach der Oper (zeigt auf seinen Arm) unten an de Wupper gelegen.

ADEUS: Ich war dem netten Dier gut.

ɜe ANNA: (zeigt auf seinen Arm) Ich soll man niks de Polizisten erzählen von de Carl, es wär sein Schatz. Hihihihi!

DELFREDERECH: Verlogenes Ferkel, verkrochen hast De Dir vor Carl seine fette Faust.

ɜe ANNA: Du lauerst wohl aus Dein Deckel?

(Carl und August kommen schwankend Arm in Arm aus dem Wirtshaus. Carl sieht grenzenlos verändert aus. Seine alte Primanermütze trägt August umgedreht auf einen Stock gespießt. Die drei Herumtreiber lachen, Carl erblickt Eduard.)

L: Nen Abend, Eduard, wie geht es mein Schatz Marzebillken? Se will mich doch heiraten. Ijo, ijo! (zu sich selbst sprechend im Ton seiner Großmutter) Carl, hast De Deine Großmutter lieb? (Kleine Pause. Im seligtrunkenen Ton) Ich hab Dich ja so lieb, Eduard.

ɜUST: (neidisch; er schwankt ebenfalls) Laß doch den Hungerleider stehn, Carl, er soll sich das Haar schneiden lassen.

ADEUS: (zu August) Zeig meine beiden Kollegen molz de heilige Eva aus Deine Brieftäsch, Aujust. (Die Brieftasche hängt August aus der Hosentasche.)

JARD: Das ist Pius' Brieftasche. (Es beginnt ein Wehen in der Luft.)

ADEUS: Ein Spruch aus lateinlich steht auf der Hinterseit'.

JARD: (Er umfaßt Carl hinterrücks) Helfen Sie mir doch, Amadeus.

ADEUS: Ich kann ihm nich untergreifen, mein gläsern Herz bricht in Splittern. (Wehleidig) En Sprung hat es schon.

ʒe ANNA: Nehmt mir in de Mitte, versoffne Brüders. (Er stößt Eduard zurück, der taumelnd an Frederechs Brust fällt. Lange Anna drängt sich zwischen Carl und August.)

DELFREDERECH: Sin wir beide Todenvögels vereint.

(Carl, Lange Anna, August wanken über die Brücke von dort weiter. Der Nachtwind klagt wie ein Kind, Eduard fröstelt. Noch einmal klopft er leise an die Haustür von Pius' Häuschen. Der Großvater öffnet sein Fensterchen und kräht.)

WALLBRECKER: Will se schon vertreiben de Nachtgespenster. (Er gießt eine Emaillekanne voll Wasser herunter.)

DELFREDERECH: (murmelt böse) Ich leg mir schlafen unterm Busch. (Eduard tritt mit gesenktem Kopf den Heimweg an.)

Ende

Zur Kenntnis: Das Original dieses Schauspiels ist *en Wopperdhalerplatt* geschrieben worden.

***

Druckfehlerberichtigung:
Seite 31, Zeile 10 von oben lies statt:
liebt mir — Sie liebt *mich.* „Im Ton der Arbeiter" muß wegfallen.

Von ELSE LASKER-SCHÜLER erschienen bisher:

STYX. Gedichte.
DER SIEBENTE TAG. Gedichte.
DAS PETER HILLE-BUCH.
DIE NÄCHTE TINO VON BAGDADS.